一生必學的
英文文法
GRAMMAR FOR LIFE

政大教授　陳超明◎著

前言：終結你一生文法的夢魘

　　這是一本很矛盾的書。一本談文法的書，卻要求讀者不要那麼在意文法，也不要花那麼多的時間學文法！

　　很多台灣學子從小開始學英文，都被文法所困，錯把學習重點放在文法規則、過於仔細去分析語言的結構，而忽略了語言本身。一個語言使用者並不需要完全掌控語言的結構，只要知道語法的概念與語言使用的一些基本規則就夠了，畢竟很多人學英文並不是要成為語言學家！

　　此外，我還發覺大部分英文不好的人，都會被貼上「文法不好」的標籤，但是在文法規則上反覆斟酌再三，真的就能讓英文變好嗎？請大家思考一個問題：文法好，英文就真的好嗎？

　　我想藉這本書來破除文法怎麼這麼難的迷思。透過文法的簡化，建立大家培養英文思考的模式，書中所歸納出的許多步驟與原則，首先就是要培養大家**從英文語法去鍛鍊英文思維**。

　　其次，**使用的概念**，才是落實語言學習的重要基礎。書中所有的例子都是現實生活（real life）中碰得到的英文，像是各類考試、報章雜誌或日常生活對話真正會用到的英文，這種做法就是所謂的 Language First，也就是**語言本身優先，文法其次**。所以雖然書名是《一生必學的英文文法》，但是請大家一定要建立一個觀念：文法不是主角，而是配角。

　　文法的規則不變，從簡單的日常對話到學術論著，其中文法的思維都是一樣的！這裡的文法概念，無關難易，不管是什麼樣的英文都用得到。所以書中的英文例句都有三個層次：基礎、中階、高階（以★標出難易度），不論是哪一種英文，使用的都是相同的文法重點，不管你現在是國中生、高中生、大學生、想要出國留學的人或社會人士，所需要知道的文法或句法其實都一樣，只要選擇適合自己程度的例句來練習即可。我們這裡談的，就是你在學就業都用得到的英文文法！

　　最後，一定要實際運用所學的文法觀念！許多人想要加強自己的英文程度，卻往往只拘泥於艱深的文法規則，而不懂得實際運用，不但學不到語言的真正精髓，英文程度更可能因此而停滯不前。提醒大家在閱讀、講話、寫作時，要把文法隱形化（invisible）；文法規則應該是在語言學習初期幫助你修正、建立英文思維的工具。一旦熟悉了這些文法規則之後，就應該從規則中解脫出來、進而讓文法「消失」；就像武俠小說中的人一般都要先「有招」才能出手，但是武功高強的人卻是招式完全消失，「無招勝有招」；如果文法是一種招式的話，起初打穩基礎功時可能會用到，但是如果學到了最後，卻還常常受限於文法招式，那你的英文程度就永遠只能停留在二、三流水準，根本無法突破，所以大家學英文一定要期許自己達到武林高手「無招勝有招」的最高境界。

　　本書的出版，要感謝《聯合報》主編孫蓉華，沒有她每週的記錄與催稿，永遠沒有《聯合報》連載近半年的專欄；其次聯經的若慈、雅玲兩位編輯的辛苦，一併感謝。

本書的編輯結構可分為三大項：

一、十大句法→十大招式

綜合個人教書二十年以來所閱讀過的小說、報章雜誌、各類考試等，加上日常生活中所見所思，整理而出的十大句法，所謂「十大招式」！

二、注意與中文思維不同的英文文法

如時態、被動、比較、假設、倒裝等英文用法，這些在使用上都與中文的表達不同，瞭解這類文法對於正確使用英文相當重要。至於太複雜的結構，如附加問句、與未來相反的假設法等，在日常生活中很少用到，因此略過不談，也就是說不學，也不會影響英文表達。

三、英文就是要實際應用‧掌握動詞的用法

英文學習最重要的並不在於文法規則，而是要將語言落實於聽說讀寫，將其漸漸變成自己語言的一部分。所以應用與練習相當重要。因此語言學習的首要之務就是掌握動詞的用法。動詞的使用，決定了一切，因為「動詞」堪稱是英文句子的靈魂，所以學英文事實上就是學動詞，書中將會專文說明常用動詞的使用。

閱讀本書最重要的是觀念的突破，而不是死背文法！學習英文的絕招是要認識、要去「使用」英文；不要被繁複的英文文法困惑或嚇到，只要掌握基礎的文法，就可以一輩子

受用。我相信這本書可以結束大家學習文法的夢魘,從此不再視學英文為畏途,在此也大膽呼籲,大家可以拋開手中其他文法書,一輩子只需要這本《一生必學的英文文法》就夠了!

目 錄 Contents

文法的難題

 到底文法是什麼？

台灣一般正規的語言學習過程都採聽、說、讀、寫、文法等學習次序。課堂上的學習不外乎是文法與單字的學習，以至於大部分人誤以為閱讀的學習即等於文法的學習，也因此以為必須透過文法才能達到語意的瞭解，可是語意的瞭解並非只知道規則就好，而需要涉及四種層次：

單字	了解此單字的含義及用法，尤其是這單字在此處的意義為何。
文法的規則	任何語言都有其規則，如何掌握這些基本的句子規則，就是形成英文思考的第一步。
上下文	語意的形成，有時要看上下文；上下文的結構也會構成意義的不同。
文化的意涵	語意的了解有時跟文化有密切關係，只是單純地掌握語言結構還是有瞭解的落差。 （本書只談文法，因此有關文化思維的概念在此略過。）

　　台灣大多數人把閱讀教學與文法教學劃上等號，孰不知美國小學的閱讀教學卻大相逕庭，注重的是學生對於單字的發音與念法、語調、斷句以及流暢度（fluency）。簡而言之，西方人的閱讀隱含著「說」，較接近中文「朗讀」的概念，因為閱讀的英文「read」，意思就是「出聲、說出來」，所以把閱讀教學與文法教學劃上等號，其實是錯誤的！

　　如果我們真能好好落實真正的閱讀教學，包括語意的瞭解、單字的意義、上下文的關係、規則的瞭解，以及大聲朗讀等，就能把語言的四種技能（four language skills）：聽、說、讀、寫全都走完一遍。

背單字、熟文法，就能說英文？

　　語言學習為什麼需要文法？其實這是一種所謂「認知學習」的基本概念。簡單的說，就是利用某些規則去認識一些不熟悉的事物，利用舉一反三的概念去學習。運用到英文上，就是學習文法規則，然後發展自己的英文句子。因此很多人認為，只要老師用中文將英文文法解釋清楚，進一步理解並消化之後，再把單字套進來，就可以學好英文。這就是為何台灣的英語教學大都停留在單字與文法教學，而且普遍認為「學好單字，然後再知道文法，英文就會好！」但近幾年來，這種學習方法常常受到挑戰。因為從知道規則到使用英文，中間其實還有一段距離，像是很多人學會規則之後，只記得規則，但是對於語言本身還是無法靈活運用。

　　因此就有人提倡不要學規則，標榜以母語人士的方法來學。就好比我們學中文，其實從來就不知道中文的文法規則。這種所謂自然學習法，強調什麼文法規則都不要教，只要創造一個英語的環境讓小孩子自然地學習即可，就像我們自己小時候學中文並不會先學文法一樣。但是這種自然學習法有其侷限性，因為自然學習法是一種母語環境的學習，必須有其語言環境。英語在台灣並不是母語，也就沒有所謂英語的學習環境，大家只要放了學、下了課，回到了家就不會講英文了，所以自然學習的方式在英語系國家可行，但在非英語系國家就行不通了。

　　其實這些都是不同的語言學習方式，卻都會回歸到一點，當你自己要開始進入第二語言或是外國語言的學習時，大部分人都會問「為何這麼說？」或是「這句話為何如此？」如此一來又會回到一種認知的概念上，也就是我們由於思考的關係，一定會想知道一些語言的原因與規則，所以即使認知學習看起來不對，但是在我們學習語言的過程中，又會一直跳出來干擾我們，此時文法的學習就會面臨一個難題：到底要不要學文法？而這個問題又牽扯出另一個問題：What is grammar?（文法是什麼？）

一般英文字典對 grammar 下了如是定義：

A system of word structure and word arrangements of a given language at a given time.

文法就是某種語言，在一個特定時間裡面，其字的結構與字序的安排系統。

這個解釋傳達了兩個重要的觀念：

第一個就是「文法會改變」，文法會隨著時間和空間的更迭而有所改變，所以文法絕對不是金科玉律，此時此刻正確的文法，以後並不一定依然正確，舉例來說，大家都學過兩個文法規則：

cannot help but + V（原形動詞）和 cannot help + Ving（動名詞）

但是現在查詢很多語料庫會發現，這兩個規則後面不管接原形動詞或是不定詞（to-V）都有人用，因為不管接什麼，都不會影響語意結構，所以由於使用時間的改變，與使用者的習慣問題，文法就跟著會隨之產生變化。再舉個例子來佐證，以前很多動詞的過去式是不規則變化，但現在都只要加 -ed 就可以了，如 burn（burnt → burned）、dream（dreamt → dreamed）、learn（learnt → learned）等，所以說文法是會改變、產生轉移的，或可說文法是不穩定、非唯一的，因此千萬別再指責別人文法錯了，文法上的一時錯並不代表永遠錯！知名英語學家 David Crystal 在不同研討會中說過，幾年後，第三人稱單數動詞現在式加 "s" 的規則應該會消失。

第二個重要觀念即「文法最重要的是字的結構與字序的安排，也就是字序（word order）的問題」，對我們來說，當一個語言能不能產生溝通的概念，事實上是在於 word order，而不在於那一大堆規則，所以本書最重要的目的是要讓讀者學習 word order，比如說，中文永遠都把形容詞放在名詞的前面，如「她是個長髮飄逸又很喜歡講話的女生」，但英文則會用「後位修飾」，把比較長的形容詞放在名詞之後來修飾，而說成：「She is a girl with long hair; she is very talkative.」所以在學習文法的過程中，我故意提出「我們

＊字序（word order）：字在句子中所出現的順序。

要不要學文法？」並不是否定文法的功能性，而是要強調學文法有「難題」要面對，也有基本的態度要注意：

學文法的時機？

我認為還是要學文法！但應該什麼時候學呢？小孩子剛開始學語言的時候，其實是不需要學文法的，但是等到年歲漸長，需要進入高階的語言運用時，可能就要知道運用文法來修正某些語言溝通上的錯誤，建構比較豐富且進階的語言使用習慣，當你遇到這種情形時就需要學文法，也就是學文法的時機到了。

學文法的態度是什麼？

·文法絕非聖經，亦即文法是變動的、而非一成不變：

千萬不要把沒看（學）過的句子、用法等當成文法錯誤，這是非常要不得的。之前我曾聽過一句話：You are not hard to find. 有些熟悉文法規則的人，會認為這句話是中文式的英文，應改成 It's not hard to find you. 其實第一句話合乎講話的語法，並沒有錯誤。

（出自電影《綠巨人浩克》）。

·文法規則強調的是「字序」（word order）的問題：

文法的規則主要是字序的問題，字序不會改變，不管是哪一種語言，影響語意的都是字序，只要字序對了，大概就學會了該語言的百分之八十；只要字序對了，就能讓語言溝

通順暢，而其他文法規則相較之下就不那麼重要了，這也是我為什麼一直強調句法和語法結構比其他細微的文法規則（如到底是用 a 還是 an）還來得重要。事實上只要知道單字，掌握句法的單字排列次序，就可以開始溝通了！

・要學有用的文法，不背不實用的文法理論與規則：

有些文法是語言學家在結構概念中所玩弄的東西，有些話是我們在真實生活中永遠不會講，但在語言的 pure structure（純粹結構）中卻的確存在，如「未來假設法」在純粹的語法結構是存在的，但在現實生活中用到的機會卻微乎其微，又如附加問句，現在已經愈來愈少人用了，例如 Let's go to the movies, shall we? 是附加問句的標準用法，但現在如果把 shall we? 改成 Ok? 一樣傳達無礙。

再次強調，要學就要學有用的文法，而不是厚厚文法書上的文法！所以本書秉持著「一定要用現實生活中的例子來說明文法」。很多坊間文法書都是先有文法，再有例句，為文法創造例句。建議你如果看到這樣的文法書，請把它燒掉吧！因為那種文法書只供「參考」之用，我保證這本《一生必學的英文文法》才是真正「有用」的文法書。

要不要學文法？學外語還是要掌握此語言的基本構句規則，但是只要學會這本書告訴你的文法即可，其次，確實掌握各個動詞的用法，你的英文就從這裡起飛吧！

GRAMMAR FOR LIFE

文法篇

主詞與動詞的結構

大部分人學英文都會被文法所困。「文法的難題」中也探討了到底要不要學文法？如果只是想學會簡單的英文溝通，其實可以不用學文法，只要把常用的句子不斷地練習即可，熟能生巧，就能使用，即使文法有點錯誤，但是對於語意表達無礙，文法也就不重要了。

例如問 "Where is the restroom?"、"What time do you have?" 等，根本不必教一些所謂疑問句的用法。但若想要深入學習，因為英文的語法與中文略有不同，必須掌握一些語法規則，比較容易推敲。

學習外語，剛開始如以口語為主，文法並不重要。只有要深入閱讀或是寫作時，才必須掌握重要的文法規則，但是學習文法必須要學習「有用」的文法，學校常常教了很多文法規則，可是這些規則可能一輩子永遠用不到！

例如以前國中時花很多時間學附加問句（tag question），真的要請教大家，你常聽到嗎？我們也花很多時間將主動句改成被動句，但這些有用嗎？一般人往往連基本的句法都講不出口或是寫不出來，卻花了很多冤枉時間練習文法規則。

我們前面強調要重視「字序」（word order），而英文最重要的是「主詞＋動詞」的次序。

　　傳統文法書告訴我們，英文有五大句型，以「主詞＋動詞」為主要結構，在閱讀中，只要能將主詞、動詞找出來，幾乎就可以理解整句話的含意；在口語中，先提出主詞（I, You, He），然後再找到動詞（have, take, jump等），就可以開口說英文了！

　　就像電影《鐵達尼號》（*Titanic*）中最有名的經典台詞：

$$\underset{S}{\underline{You}} / \underset{V}{\underline{jump,}} / \underset{S}{\underline{I}} / \underset{V}{\underline{jump}} /, remember?$$

你 / 跳 / 我 / 跳 / 記得嗎？　　　　　　　　　　　　　　　★　《鐵達尼號》（*Titanic*）

→這裡是兩句話。第一句的主詞是 You，第二句的主詞是 I，動詞都是 jump。主要結構含意就是「你（我）跳」，非常簡單易懂。

　　再以 98 年的大學指考題目為例（閱讀測驗）：

$$\underset{S}{\underline{We}} / \underset{V}{\underline{closely\ followed}} / the\ advice\ in\ your\ article.$$

我們 / 完全遵守 / 您的文章中的建議　　　　　　　　★★　98 年大學指考

→這句話的主詞就是 We，動詞是 followed，所以這句話的主要結構意思就是「我們遵守」。

First, $\underset{S}{\underline{we}}$ / $\underset{V}{\underline{replaced}}$ / all our telephones / with carrier pigeons.

首先，我們 / 以……替換 / 把所有的電話 / 以信鴿　　　　★★　98 年大學指考

→ 這句的主詞還是 We，動詞是 replaced，所以這句話的主要結構意思就是「我們替代」。

Simply removing the jingle of telephones / and replacing them with the pleasant
sounds of birds / has had a remarkable effect on everyone.

　　　　　　S　　　　　　　V

光是移除電話鈴聲 / 和以悅耳的鳥鳴替換它們 / 已經對每個人有極大的影響

★★★　98 年大學指考

→ 這句話的主詞很長：Simply removing the jingle of telephones and replacing them with the
pleasant sounds of birds（光是移除電話鈴聲，以悅耳鳥鳴取代），動詞（片語）為 has had a
remarkable effect on（對……有重大的影響），所以這句話的主要結構意思就是「移除電話鈴聲，
以悅耳鳥鳴取代，對（每個人）有重大的影響」。

　　從以上的主詞動詞結構分析，就可以很快知道這些句子的主要含義，即使句子很長
（如第三句），但它的結構還是「主詞＋動詞」。要懂得如何去尋找主詞與動詞，不要看
到句子長就被嚇到，可以和上述句子一樣，先分解句子的各單元，再找出主詞、動詞，對
閱讀就會很有幫助。

　　再舉好萊塢知名男星布萊德彼特（Brad Pitt）的一句名言為例，跟第三句文法結構相
似，但更簡單：

Being married / means / I / can / break wind / and eat ice cream / in bed.
     S   V

結婚 / 意味著 / 我 / 可以 / 放屁 / 和吃冰淇淋 / 在床上   ★★

→這句話的主詞是 Being married，動詞是 means，整句的主要意思即「結婚意味著」，後面的句子說明小布所認為的結婚的意義。

　　任何英文句子都有主詞與動詞，雖然有時在口語中會予以省略，但基本結構不變，學校常教的五大句型，其實就是動詞的不同形式產生不同的句型。建議不必去背所謂「及物、不及物」或是「完全、不完全」等文法用語，只要掌握**每個動詞的用法**，自然就能知道如何造句或是解讀等。

　　所以掌握英文的第一步就是掌握此一大結構：主詞＋動詞。主詞可以有很多變化，如人、事、一件事、觀念等。動詞有不同的用法，學一個算一個，那到底要多少動詞才夠？一般來說，寫個簡單書信或是作文（如大學學測或是指考），只要能夠活用 60 個常用動詞就可以了。日常生活的溝通大約也不會超過 60 個動詞。

　　建議以後閱讀文章的時候，先用筆圈出主詞與動詞，即可解決很多語意上的問題，而且一旦學會了這些動詞的用法，以後就可以派上用場。再看一個例子：

　　2009 年 1 月 20 日現任美國總統歐巴馬（Obama）於華府的就職演說開頭：

I / stand here / today / humbled by the task before us, / grateful for the trust you have
S   V

bestowed, / mindful of the sacrifices borne by our ancestors.

我 / 站在這裡 / 今天 / 為我們眼前的任務感到謙卑 / 對各位已經給予的信任感到感激 / 心裡想著我

們祖先做出的犧牲   ★★★

→主詞就是 I，動詞是 stand，主要結構意思為「我站在此處」，後面的句子都是在說明站在此處

的心境。

I / thank President Bush / for his service / to our nation / as well as / the generosity
S   V

and cooperation / he has shown throughout this transition.

我 / 感謝布希總統 / 為了他的服務 / 對我們國家的 / 以及 / 寬厚和配合 / 他在政權轉移期間表現出來

的   ★★★

→這句與上句很類似，主詞仍是 I，動詞是 thank，主要結構意思為「我感謝」，後面的句子是說

明感謝誰及感謝的內容。

Look Further

※粗體字代表句子的「主詞」和「動詞」※

- **Playing in the water is** lots of fun on a hot summer day.

（98 年國中第一次基本學力測驗）

- **You call** this fat? 161 lbs, **I** still **feel** hot!

  （Tyra Banks，《超級名模伸展台》）

- **I believe** that when you put a smile out there, you get a smile back.

  （Heidi Klum，《決戰時裝伸展台》）

- **Women come** to New York for the two L's: Labels and Love.

  （Carrie，《慾望城市電影版》）

- **You may be able to fake** an orgasm, but you can't fake intimacy.

  （Carrie，《慾望城市影集》）

十大句法

主詞與動詞的結構是構成英文句子的主要關鍵，英文句子有很多變化，這些變化主要是讓英文比較活潑生動，或是讓上下文更為流暢，也讓語意更加完整。

本章列出報章雜誌、教科書、考試等常出現的十大句法，只要掌握這些句法，就能掌握語意，了解上下文的關聯。

1 S + (...) + V：

大部分的英文句子不會只有主詞＋動詞而已，有時候由於增加內容（如表示主詞的特性、動作或是其他的修飾），動詞會放在離主詞較遠的地方，請見以下例子：

For example, / its city walls /, which helped keep the city safe in the past, / are
                    ‾‾‾‾‾‾‾‾‾‾‾   ‾‾‾
                          S   V
hundreds of years old now...

例如 / 它（Siena）的城牆 / 之前協助使這座城市保持安全 / 現在有好幾百年……

★ 98 年國中第一次基測

→不要被 which 子句影響，本句的主詞為 its city walls，動詞為 are，主要結構的含義即「它的城牆是」。

A woman / who doesn't wear perfume / has no future.
S̲ ̲ ̲ ̲ ̲ ̲ ̲ ̲   V̲ ̲ ̲ ̲

一個女人 / 沒擦香水的 / 沒有未來　　　　　　　　　　★　Coco Chanel 可可香奈兒

→跟上句一樣，不要受到 who 子句影響，此句指出女人的狀況，主詞為 A woman，動詞為 has。

This group of islands / off the coast of Ecuador / has recently contracted Argentine
S̲ ̲ ̲ ̲ ̲ ̲ ̲ ̲ ̲ ̲ ̲ ̲ ̲ ̲   V̲ ̲ ̲ ̲ ̲ ̲ ̲ ̲ ̲
Corporación America / to manage the redevelopment of the airport / on the island of
Baltra.

此群島 / 在厄瓜多外海 / 最近已與一家公司 Argentine Corporatión America 簽訂合約 / 要處理機場

重新開發計畫 / 在Baltra 島上　　　　　　　　　　　★★　98 年大學學測

→這句的主詞就是 This group of islands（群島），後面跟著的 off the coast of Ecuador 則說明了
群島的位置，動詞就是 contracted。

Pacific islands / like the Galápagos, Easter Island, and Tahiti, / have economies / that
S̲ ̲ ̲ ̲ ̲ ̲ ̲ ̲ ̲ ̲ ̲ ̲ ̲   V̲ ̲ ̲ ̲ ̲
are driven almost completely by tourism.

太平洋群島 / 像加拉巴哥斯群島、復活島和大溪地 / 擁有經濟 / 幾乎完全是靠觀光業來推動的

　　　　　　　　　　　　　　　　　　　　　　　　　★★　98 年大學學測

→這句話同樣看起來很長，但主詞就是 Pacific islands（太平洋的島嶼），動詞是 have。

The question / we ask today / is not whether our government is too big or too small /,
<u>   S   </u>   <u>V</u>
but whether it works...

這個問題 / 我們今天要問的 / 不是我們政府的規模是否太大或太小 / 而是它是否能發揮作用……

★★★　歐巴馬就職演說

→主詞是 The question（這個問題），動詞為第一個出現的 is，句型 be not..., but... 表示「不是……而是……」，相當常見且實用，主要結構的意思為「這個問題不是……而是……」。

② Ving (Ved)..., S + V：

主要子句的「主詞＋動詞」結構前面，加上 Ving 或是 Ved 來表示一種狀況或是說明，如果跟主詞的動作一致（皆為主動）就用 Ving，如果有被動的含意就用 Ved。

While adapting to western ways of living, / many Asian immigrants in the US / still try
<u>   （主動含意）   </u>   <u>   S   </u>   <u>V</u>
hard / to preserve their own cultures and traditions.

當要適應西方的生活方式時 / 許多美國的亞洲移民 / 仍努力 / 要保有他們自己的文化和傳統

★★　98 年大學學測

Guided by these principles once more, / we can meet those new threats / that demand
<u>   （被動含意）   </u>   <u> S </u> <u> V </u>
even greater effort / even greater cooperation and understanding between nations.

再次被這些原則指引 / 我們可以面對那些新的威脅 / 甚至還需要更大的努力 / 各國之間更多的合作

與理解 ★★★ 歐巴馬就職演說

→以上兩句都是用 Ving 或 Ved 表示一種狀況或說明。第二句因為有被動的意思，故用 Guided
（Ved），第一句的 While adapting to 表示亞洲移民「適應」（adapting to）西方生活方式；主要
結構為 many Asian immigrants in the US still try，可以看出主要結構與附屬結構的主詞相同，且皆
為「主動」，故用 adapting（Ving）。

3 S + V..., Ving (Ved)：

有時也會把 Ving 或是 Ved 放在主要結構後面，通常前面主要結構的含義會影響後面
的事件。

I stand here today / humbled by the task before us /, grateful for the trust you have
S V

bestowed /, mindful of the sacrifices borne by our ancestors.

我今天站在這裡 / 為我們眼前的任務感到謙卑 / 對各位已經給予的信任感到感激 / 心裡想著我們祖

先做出的犧牲 ★★★ 歐巴馬就職演說

→這裡的 humbled 就是把 Ved 放在主要結構後面，形容歐巴馬站在這裡的情緒。

Global warming / conjures images of rising seas / that threaten coastal areas. But in
　　　S　　　　　　V

Juneau,/ as almost nowhere else in the world /, climate change is having the opposite
　　　　　　　　　　　　　　　　　　　　　　　　　S　　　　　　V

effect /: As the glaciers here melt /, the land is rising /, causing the sea to retreat.
　　　　　　　　　　　　　　　　　　　　S　　　V

全球暖化 / 讓人想起海平面上升的景象 / 威脅沿海地帶的 / 但在朱諾市 / 幾乎是世界上獨一無二的
地方 / 氣候變遷日漸產生反效果 / 隨著這裡的冰河融化 / 陸地日漸上升 / 導致海洋後退

　　　★★★　2009/6/16 《紐時周報》〈As Alaska Glaciers Melt, It's Land That's Rising〉

→主要結構為 the land is rising，後面加上 ving 說明造成的後果 causing the sea to retreat。

Look Further

- **Small animals** such as mole rats living underground **are known** for the use of
magnetism to navigate. （98 年大學學測）→句法①

- **Standing among savage scenery**, the hotel offers stupendous revelations. There is a
French widow in every bedroom, **affording delightful prospects**.

　　　　　　　　　　　　（Gerard Huffnung 霍夫農）→句法②＋句法③

- My dreams were all my own; I accounted for them to nobody; they were my refuge
when annoyed－my dearest pleasure when free.

　　　　　　　　　　　　（Mary Wollstonecraft Shelly 瑪麗雪萊）→句法③

- *Whatever you do*

  *I will be right here **waiting for you***

  Whatever it takes

  Or how my heart breaks

  *I will be right here **waiting for you***　　（Richard Marx 的〈Right Here Waiting〉副歌）→句法③

4　**With + N + (Ving or Ved)..., S + V：**

　　此句法以 With 開始，引導一種情境或是表示一種原因，造成後面的主要語意，如下一句例句中的「由於全球經濟惡化」，「看起來……」。

With the worsening of global economic conditions, / it seems wiser and more sensible

　　　　　　　　　　　　　　　　　　　　　　　　S　　V

to keep cash in the bank / rather than to invest in the stock market.

由於全球經濟情況的惡化 / 看起來將現金存在銀行比較聰明和明智 / 而不是投資股市

★★　98 年大學學測

With old friends and former foes / we will work tirelessly / to lessen the nuclear threat, /

　　　　　　　　　　　　　　　　S　　　　V

and roll back the specter of a warming planet.

與老朋友和昔日的對手一起 / 我們將會不屈不饒地努力 / 以減輕核子威脅 / 和減低地球暖化的恐怖

→以上兩句都以 with 來引導，這種句子在英文中很常見。With 可表示一種狀況，第一句的 with 加上名詞，表示由於全球經濟情況惡化的原因。第二句中的 with 是指「和……一起」，也就是「跟著」的意思。

5　(Phrase), S + V：

In reaffirming the greatness of our nation, / we understand / that greatness is never a given.

S　　　　V

透過再次肯定我們國家的偉大 / 我們了解 / 偉大絕非賜予而來的　　　★★★　歐巴馬就職演說

At these moments, / America has carried on / not simply of the skill or vision of those in high office, / but because We the People have remained faithful to the ideals of our forbearers /, and true to our founding documents.

S　　　　V

在這些時刻 / 美國繼續堅持下去 / 不僅是那些位居高位的人有能力或願景 / 也因為我們人民對祖先的理想抱負一直保持信心 / 以及忠於我們立國的重要文件（《美國憲法》、《獨立宣言》等）

→一句話也能以「片語」開頭，這也是常見句型的一種。以上兩句都是以片語開始。第一句的片語

「In reaffirming the greatness of our nation」表示「透過再度肯定國家的偉大」，主要子句是「我們了解……」。第二句的片語強調「此時此刻」，主要子句是「美國繼續堅持下去……」。

6 **"... " says Sb；Sb says, "..."：**

在英文句法中常可見到「某些人說某些事情」這樣的句法，亦即直接引用當事人的話語，除了 say（說）以外，也常用 tell（告訴）等動詞。

Another child said / dieting meant / "you fix food but you don't eat it."
　　　　　　　S　　V

另一個孩子說 / 節食表示 / 「你煮飯但是不吃飯。」　　　　　★★　98 年大學學測

→本句用了 Sb says,"..." 的句法，主詞是 Another child，動詞是 said，後面接的是當事人說話的內容。

"Families today are undergoing all sorts of strains / that didn't exist before." / David
　　　　　　　　　　　　　　　　　　　　　　　　　　　　　　　　　　　　　S

Popenoe, co-director of the National Marriage Project at Rutgers University, / told
　　　　　　　　　　　　　　　　　　　　　　　　　　　　　　　　　　　　V

The Times's Jennifer Conlini.

現在的家庭正經歷著各種壓力 / 以往所沒有的 / 羅格斯大學「全國婚姻計畫」共同主任大衛波彭諾 / 告訴《泰晤士報》的珍妮佛康麗妮

★★★　2009/3/5《紐時周報》＜Now Love is a Less-Splendored Thing＞

→主詞是 David Popenoe，動詞是 told，也就是由他來說某件事情。

7 S + V + that + (noun clause)：

此種句法常出現在一些引述的報導或報表之中，如我認為（I think that...）或研究顯示（The study shows that...）。

We hope that / there will be no war in the world / and that all people live in peace and
<u>S</u>   <u>V</u>

harmony with each other.

我們希望 / 世界上將沒有戰爭 / 而且所有的人彼此生活在和平與和諧之中　　★★　98 年大學學測

The researchers concluded that / cattle do generally orient themselves in a north-south
<u>S</u>   <u>V</u>

direction.

研究人員下結論 / 牛隻通常都會地們自己調成「北－南」的方位　　★★　98 年大學學測

They understood that / our power alone cannot protect us, / nor does it entitle us to do
<u>S</u>   <u>V</u>

as we please.

他們了解 / 只有我們的力量無法保護我們自己 / 也無法讓我們有權力做我們喜歡的事情

★★★　歐巴馬就職演說

→以上三句都是先以主詞加動詞，緊接著就是 that 加上子句，分辨的方式很容易：一律先找出主詞與動詞，再接著看 that 後面所接名詞子句的意思。常見的動詞有：understand（了解）、think（想）、believe（相信）、hope（希望）、conclude（推斷）、suggest（提議）等。

Look Further

- **With love**, you should go ahead and take the risk of getting hurt because love is an amazing feeling.　　　　　　　　　　　　　（Britney Spears 小甜甜布蘭妮）→句型④

- Dad always tells me not to study only for tests. If that's all I'm doing, **he says**, I will soon lose interest in learning.　　　　　　　　　　（98 年國中第一次基測）→句型⑥

- I believe in the Bible. **I believe that** all good things come from God. I don't believe I'd sing the way I do if God hadn't wanted me to.　　　　　　（Elvis Presley 貓王）→句型⑦

8　Adv clause, Main clause (of Main clause + adv clause)：

　　表示原因、條件、時間或是讓步的句子放在前面，也就是先以 because、if、though、when、as 開始來引導一句話，後面再加上主要子句的結構，就能構成英文複雜的語意。通常在英文表達中，有些情況的表達常會需要用到這種句法。

When people feel uncomfortable or nervous, / they may fold their arms across their
　　　　　Adv clause　　　　　　　　　　　　　S　　　A

chests / as if to protect themselves.

當人們覺得不自在或緊張時 / 他們可能會把手臂交疊在他們的胸前 / 好像要保護他們自己一樣

★★　98 年大學學測

→When 引導的句子，是說明「人們覺得不自在或緊張」的原因，才有後面「他們會在胸前交叉手臂，彷彿在保護自己」的動作。此句就是用 when 來引導狀況，再接著表達主要句子的含義。

When you take photos, / you can move around / to shoot the target object from different
　　Adv clause　　　　　　S　　　V

angles.

當你拍照時 / 你可以到處移動 / 好從各種角度去拍攝目標　　★★　98 年大學學測

→When 引導的句子說明「當人們要拍照的時候」，為了對焦及拍好照片可以做的動作，同樣是以 when 來引導全句，說明情境，接著是主要結構 you can move around。

At these moments, / America has carried on / not simply because of the skill or vision
　　　　　　　　　　S　　　V

of those in high office, / but because we the People have remained faithful / to the

ideals of our forebearers, / and true to our founding documents.

在這些時刻 / 美國繼續堅持下去 / 不僅是因為那些位居高位的人有能力或願景 / 也因為我們人民一直保持信心 / 對祖先的抱負 / 以及忠於我們立國的重要文件（《美國憲法》、《獨立宣言》等）

★★★　歐巴馬就職演說

→此句後面的 not simply because of...but because...，意思是「不僅僅因為……，也因為……」，表示「原因」。順帶補充，這句話也融合了句法 5 的用法：（Phrase）, S + V。

9 S, Adj clause, V：

這種句法不會出現在中文中，但是很常出現在英文句法裡。主要是來修飾主詞（人、物或是抽象概念）或是想要表達主詞的一些狀況時，就會在主詞與動詞中間加上一句話（以 who, which 或 that 來引導）。如下面的例句：

...children who had cooked their own foods / were more likely to eat those foods in
    S   Adj clause   V
the cafeteria / than children who had not.

曾經煮過自己食物的孩子 / 比較可能會在自助餐廳裡吃下那些食物 / 比不曾煮過自己食物的孩子

★★　98 年大學學測

→主詞是 children，動詞是 were，而修飾 children 的 who 子句用來說明這些孩子的特性是「會自己煮飯的小孩」。

Given this powerful effect, / parents who are trying to lose weight / should be careful /
                     S   Adj clause   V
of how their dieting habits can influence a child's perceptions about food and healthful
eating.

由於這種強大的影響 / 試圖減肥的父母 / 應該小心 / 他們的飲食習慣可能會如何影響孩子對食物和健康飲食的觀念

★★　98 年大學學測

→主詞是 parents，who 所引導的子句說明了 parents 的特性，直接翻譯的意思是「試圖減重的父母，這些父母應該要注意飲食習慣會如何影響小孩」。

🔟 倒裝句(sentence inversion)(adv + V + S)：

　　英文為了強調，常常將句子的正常次序（主詞＋動詞）對調，也就是將動詞或是補助動詞的字放在主詞前面，而構成所謂的「倒裝句」，強調或是凸顯某些重要議題時，就會常常使用倒裝的句法。例句如下：

Less measurable but no less profound / is / a sapping of confidence across our land /
　　　　　　　　　　　　　　　　　　　　 V 　 S
—a nagging fear / that America's decline is inevitable, / and that the next generation must lower its sights.

比較無法測量卻同樣嚴重的 / 是 / 我們國家信心的流失 / 一種揮之不去的恐懼 / 美國的衰退是無法避免的 / 以及下一代勢必降低視野

★★★　歐巴馬就職演說

→這句話的主詞是 a sapping of confidence，而動詞是 is。正常的句子應該是 a sapping of confidence is...，但是為了強調 less measurable but no less profound，而將否定的字詞放在前面，形成所謂的「倒裝句法」（V + S）。此外，這包話也考慮到修辭，less measurable 與 less profound 有對比的效果。英文中通常會將否定含意的字詞，如 hardly、scarcely、rarely、seldom、neither 等放在句首，形成倒裝句，有強調及修辭美化的功能，多用於演說或辯論。

最後，將前面介紹的十大句法所構成的句子結合起來，用 and 或 but 等一些連接詞連結在一起，句子之間的關係就會很密切，此用法常常出現在一般報章雜誌之中，下一章將會介紹更多例子。

Look Further

· **When** I say I'll murder my baby's mother, maybe I wanted to, but I didn't. Anybody **who takes it literally** is ten times sicker than I am.　　（Enimen 阿姆）→句法⑧＋句法⑨

· I think the thing to do is to enjoy the ride **while** you're on it.

（Johnny Depp 強尼戴普）→句法⑨

· **If** Bach wriggles, Wagner writhes.　　　（Samuel Butler 英國詩人巴特勒）→句法⑨

· <u>Seldom, very seldom, does complete truth</u> belong to any human disclosure; seldom can it happen that something is not a little disguised, or a little mistaken.

（*Emma*, Jane Austen 珍奧斯汀的《愛瑪》）→句法⑩

· Neither <u>should a ship</u> rely on one small anchor, nor <u>should life</u> rest on a single hope.

（Epictetus 希臘哲學家伊比鳩魯）→句法⑩

十大句法複習：閱讀報章雜誌

　　掌握常用的十大英文句法，不僅是瞭解英文句型結構的捷徑，更是瞭解語意的重要方法。一般英文學習者閱讀英文文章時，不懂的句子往往都是長句、或句型結構比較複雜的句子，遇到這種狀況時，只要先找出基本的「主詞＋動詞」，看出整體句型結構，即有助於分解結構，一段一段來瞭解語意。本章將援引＜Seeking Safe Haven from Hotel Theft＞中的一段文章為例（2009/3/17《紐時周報》），帶領讀者活用十大句法。

　　面對任何不好懂的英文句子，首先要掌握四個原則與步驟：

一、找出**主詞＋動詞**的結構

二、找出**主要結構及次要結構**（如主要的句子及附屬的片語或子句）

三、長句往往會造成閱讀的困難，**將長句依照語法結構切成小單元**，有助於語意瞭解

四、**依照英文句法的邏輯結構去瞭解語意**，不要翻譯成中文句法

　　請先閱讀下列句子：

Business travelers may think of their hotel as a haven from the trials of being on the road, but that may not always be the case.

接著運用上述四個步驟及原則來瞭解全句語意：

1. 這句話的主詞是「Business travelers」，動詞為「think of...as...」，所以主要的語意為「商務旅客＋認為（think of...）……是（as）……」。

2. 以 but 來連結兩句話：第一句是「Business travelers may think of...」；第二句是「that may not always be the case.」，兩句話都有主要結構（S + V），用連接詞 but 來連結，所以此句整體結構為「S + V, but S + V」。

3. 第一句很長，可以將之切割成小單元來幫助瞭解：

Business travelers / may think of / their hotel /, as a haven / from the trials / of being
‾‾‾‾‾‾‾‾‾‾‾‾‾‾   ‾‾‾‾‾‾‾
      S   V

on the road, / but that may not always be the case.

4. 依照英文句法的邏輯結構，可以得知全句講述的是：Business travelers 認為 their hotel 是一種避風港（很安全舒適的地方）/ 遠離 trials（磨練或棘手的事）/ 在路上奔波（on the road）/ 但是 that（指前面這件事）可能不一定是這樣子的（the case）。

依照以上的邏輯排列，可理解為：商務旅客大概認為旅館是一種很安全舒適的地方（如避風港），（是什麼樣的避風港呢？），遠離煩惱（在路上奔波的煩惱）/ 但是，這可能不一定是如此。

　　將長句切成一個個小單元來解讀，盡量避免看到句子就直接翻譯成中文句子，而是依照英文的句法來理解各個單元的含意，如此一來將更容易抓住句子的原意。

　　請再閱讀以下兩個句子：

Hotels dislike talking about it, but theft and other crimes do happen on their premises.

Just how much is impossible to pinpoint because hotels do not disclose numbers, and government statistics do not record crimes by property type..

　　第一句中的「Hotels...but theft and other crimes...」，是屬於「S + V, but S + V」的結構，而第二句中的「Just how much is ... because 」即屬於「S + V, because + S + V」的結構（見十大句法 8），其中「Just how much is...」是主要結構，也就是此句的主要含義，而 because 所引導的句子則說明了前面主要句子的原因。

　　首先要找出主詞＋動詞結構，將句子依語法結構拆解如下：

Hotels / dislike / talking about it, / but / theft and other crimes / do happen / on their
　S　　　 V　　　　　　　　　　　　　　　　　　　　S　　　　　　 V
premises.

旅館 / 不喜歡 / 談論這件事 / 但是 / 竊盜及其他犯罪行為 / 確實發生 / 在他們的地方

Just how much / is impossible / to pinpoint / because / hotels do not disclose numbers /
‾‾‾‾‾‾‾‾‾‾‾‾   ‾‾‾‾‾‾‾‾‾‾‾‾
    S   V

and government statistics / do not record crimes / by property type.
   ‾‾‾‾‾‾‾‾‾‾‾‾‾‾‾‾‾‾‾‾‾‾   ‾‾‾‾‾‾
             S   V

到底多少 / 是不可能 / 精確指出 / 因為 / 飯店不透露數據 / 而且 / 政府統計數據 / 不記錄犯罪 / 以所在地類別來區分（註：也就是政府不以所在地類別來記錄犯罪行為，因此無法統計發生在飯店內的失竊量）

　　閱讀英文句子時，必須從英文語法來理解或翻譯，而不是中文的句法，如以上例句所示，將句子分解成小段後，意思就已經很清楚了，除非是要翻譯成正確且漂亮的中文，否則應以英文句法來思考，才可以更瞭解原意。

　　不論是何種句子，只要先找出主詞＋動詞結構，接著找出主要句子結構及附屬的結構（如片語、從屬子句等），再將句子拆解成小單元，依照各個單字或片語一一瞭解、個個擊破，整句話的含意就呈現出來了！只要熟悉這種閱讀的原則與方式，多加練習，定能輕鬆閱讀無礙。

　　最後，請以下面這個句子來小試身手：

While hotels / try to / educate guests / on protecting themselves / －putting safety tips /
    ‾‾‾‾‾‾   ‾‾‾‾‾‾
      S   V

on the back of doors, / in room brochures / and sometimes / on the plastic room key

cards / 一 new surroundings / often lull guests / into a false sense of security.
　　　　　　S　　　　　　　　　　V

然而旅館 / 試圖 / 教導房客 / 保護自己 / 放置安全注意事項 / 在房門後面 / 在客房手冊上 / 而且有時候 / 在塑膠鑰匙卡上面 / ——新環境 / 往往哄著房客 / 進入一種安全的假象

→此句主要結構為「new surroundings / often lull guest / into a false security」（新環境 / 往往哄著顧客 / 進入安全的假象），屬於「Adv 子句, S + V」的句法（見十大句法 8）。這裡的動詞 lull 用得非常漂亮，原意是指「哄著（小孩）睡著」，筆者在此善用此字，用以表示「飯店的環境讓顧客被哄著進入安全的假象之中」，好的語言往往出現在這種精確及富有意境的用法之中。

Study Tips

1. 閱讀報章雜誌，可以先從自己有興趣的文章開始。如體育或是娛樂新聞，不用太在乎新聞用語或是新聞句法。只要找出主詞跟動詞，大致語意就浮現了。

2. 英美報紙，其實是有所謂「分眾」的概念。The New York Times《紐約時報》或是 The Washington Post《華盛頓郵報》都比較文雅，可以先從 U.S.A Today《今日美國》或是 San Francisco Chronicle《舊金山紀事報》看起。網路上都可搜尋到這些報紙的新聞內容。

3. 雜誌也是從有興趣的著手，不要勉強自己看 Time Magazine《時代週刊》或是 Newsweek《新聞週刊》。有些時尚、文化雜誌，也很精采，如 Vogue、Cosmopolitan

　　《柯夢波丹》、*Atlantic Monthly*《亞特蘭大月刊》等雜誌也是可以入手的，從休閒生活等雜誌著手，培養英文閱讀生活的興趣。

主要結構與次要結構

　　英文句子都是由主詞與動詞所構成，但是想要表達較複雜的語意時，很難只用單一的句子就可以將意義表達清楚，有時必須先說明一個狀況或是將結果列出之後，才能夠將主要含義說清楚。舉例說明如下：

Time and again, these men and women struggled and sacrificed and worked / till their
　　　　　　　　　　　　S　　　　　　　　　　　　主要結構
hands were raw / so that we might live a better life.
　　　　　　　　　　從屬結構

往往 / 這些男女奮鬥、犧牲和努力 / 直到他們的雙手皮開肉綻 / 以至於我們才能有比較好的生活

★★★　歐巴馬就職演說

　　所以較為複雜的英文句子會包含「主要子句」與「從屬子句」兩個部分：主要子句是整句話的主要論點，而從屬子句則用來補充說明，或是附屬在主要觀念的句子。依照附屬子句在主要結構中的功能，可以將從屬的結構分成三大類：

- 形容詞子句（that、which、who）：修飾主詞及其他名詞（人、事、物）
- 副詞子句（because、if、when、while、as）：表示狀況、原因、條件、時間等
- 名詞子句（that）：當作主詞或動詞後面的受詞

The researchers found that children / who had cooked their own foods / were more
　　　　S　　　　V　　　　　　　　　　　形容詞子句
likely to / eat those foods in the cafeteria / than children / who had not. / Kids don't usually
　　　　　　　　　　　　　　　　　　　　　　　　　　形容詞子句
like radishes, / but / if kids cut them up and put them in the salad, / they will love the dish.
　　　　　　　　　　　　副詞子句　　　　　　　　　　　　　　　　主要子句

研究人員發現孩子 / 曾經煮過自己的食物的 / 更有可能 / 在自助餐廳吃下那些食物 / 比孩子 / 不曾

煮過食物的 / 小孩通常不喜歡小蘿蔔 / 但是 / 如果小孩切了它們並放在沙拉裡 / 他們就會喜歡這道

菜　　　　　　　　　　　　　　　　　　　　　　　　　　　　　★★　98 年大學學測

→ "who had cooked their own foods" 和 "who had not" 都是形容詞子句，修飾前面的「children」。

"if kids cut them up and put them in the salad" 則是副詞子句，修飾後面的主要子句。

　　由以上例子可知，對於複雜的從屬結構，其實不用太擔心，有時也不必去煩惱這些句子是哪一種子句。只要記住一點，遇到較為複雜的長句時，最重要的是先將主要的結構找出來，而從屬的子句結構，通常是用來補充說明或描述某種狀況，可以與主要結構分開閱讀。

　　再請大家依照先前提過的閱讀原則，試著解讀歐巴馬就職演說中的這一段話：

As we consider the road / that unfolds before us, / we remember / with humble gratitude /
those brave Americans / who, at this very hour, / patrol far-off deserts and distant

mountains. / They have something to tell us today / just as the fallen heroes / who lie in Arlington whisper / through the ages. / We honor them / not only because they are guardians of our liberty, / but because they embody the spirit of service...

當我們注意到道路 / 展現在我們面前 / 我們記得 / 以謙卑感謝的心 / 這些勇敢的美國人 / 他們此刻 / 正在遙遠的沙漠與山上巡邏。/ 他們今天有事要告訴我們 / 就和已逝的英雄一樣 / 躺在阿靈頓（公墓）低語的 / 一代傳過一代地。/ 我們尊敬他們 / 不只因為他們是我們自由的捍衛者 / 也因為他們象徵服務的精神……

不論閱讀何種句子或文章，最主要的仍是先找出主要的主詞與動詞結構，其餘的從屬觀念則依附在其主要含義。寫作亦然，一樣先將主要結構的主詞及動詞寫出來、完成主要結構的語意表達之後，再添加各項子句（如名詞、形容詞、副詞子句等）來表達從屬的語意，如此一來，「英文造句」就變得很容易了。簡而言之，就是以主要結構為主，然後繼續延伸其語意（利用片語、修飾語、子句等）的一種語言形式。

台灣大考的翻譯測驗的解題技巧，很多都是以此為其思考的方向，以96年大學學測為例：

1. 如果我們只為自己而活，就不會真正地感到快樂。
2. 當我們開始為他人著想，快樂之門自然會開啟。

第一句中的「如果……」，表示在某種狀況之下，主要結構其實是：我們不會真正地感到快樂。寫法如下：

主要結構：We will not be really happy

從屬結構：if we only live for ourselves

合起來：If we only live for ourselves, we will not be really happy.

第二句中的「快樂之門自然會開啟」為主要結構的句子，而「當我們開始為他人著想」則是補充說明「在⋯⋯的情況下」，寫法如下：

主要結構：the door to happiness will open for us

從屬結構：when we begin to think for others

合起來：When we begin to think for others, the door to happiness will open for us.

Look Further ※畫線部分為從屬結構，粗體字部分為主要結構※

- After spending much time carefully studying the patient's symptoms, **the doctor finally made his diagnosis.** （97年大學學測）

- When there is a heavy rain, **you have to drive very cautiously** so as to avoid traffic. （98年大學指考）

- **A true heiress is never mean to anyone** — except a girl who steals your boyfriend. （Paris Hilton 派瑞絲希爾頓）

- No matter what a woman looks like, if she's confident, **she's sexy.** （Paris Hilton 派瑞絲希爾頓）

時態

　　使用英文，除了必須熟悉句法，另外還要特別注意的文法是英文的「時態」。中文會使用時間的副詞來表示時間的狀態。而英文除了時間的副詞之外，也可以用動詞的變化來表示不同時間的動作狀態。

　　一般來說，我們所需要掌握、也最常用的時態有三種：現在、過去與未來。其實在日常生活中，最常使用的時態應該是過去式。談論以前的事情、描述過去發生的事件或是說故事，都須使用過去式；現在式則是用以描述現在的狀態、事實或是討論分析某種觀點、看法等；未來式就用在描述將要發生或是尚未發生的事件。請見下列圖示，即可一目了然：

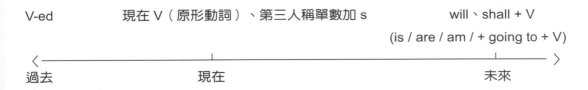

V-ed　　　　　　　現在 V（原形動詞）、第三人稱單數加 s　　　　　　will、shall + V

　　　　　　　　　　　　　　　　　　　　　　　　　　　　　　(is / are / am / + going to + V)

〈─────────────────┼──────────────────〉

過去　　　　　　　　　　　　現在　　　　　　　　　　　　未來

　　此外，除了三種時態之外，還有兩種狀態的概念：進行及完成，「進行」表示一個動作正在進行或運作；而「完成」則表示從 A 時間點到 B 時間點、一段時間之內持續的動作狀態。

運用三種時態加上進行及完成，就可構成很多種時態的組合，請大家以下列的實用時態用法為主，其餘的時態較少出現、也很少使用，建議無須花太多的時間去記，以免因為規則太多，而造成混淆且增加困擾。

 主要的時態用法：

- 現在式：V or V（-s, -es）（狀態、事實、討論分析）
- 現在進行式：be + Ving
- 過去式：Ved or 其他動詞的過去形式（表示過去發生的事件）
- 未來式：will / shall + V or is / are / am / going to + V
- 現在完成：have / has + p.p.（表示從過去到現在為止的動作或是狀態）

　　也可以藉由下列直線圖示來幫助記憶：

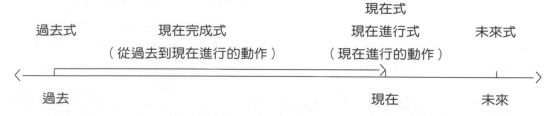

　　建立基本且重要的時態觀念之後，就可以輕易掌握英文句子時間的變化，請看下面這一段英文：

The Paralympics **are** Olympic-style games for athletes with a disability. / They **were** organized for the first time in Rome in 1960. In Toronto in 1976, the idea of putting together different disability groups for sports competitions **was** born. / Today, the Paralympics **are** sports events for athletes from six different disability groups. They **emphasize** the participants' athletic achievements instead of their physical disability. / The games **have grown** in size gradually. The number of athletes participating in the Summer Paralympics Games **has increased** from 400 athletes from 23 counties in 1960 to 3806 athletes from 136 countries in 2004.　　　★★　98 年大學學測

→這段英文包含了**現在式**、**過去式**與**現在完成式**，第一句 The Paralympics are... 用現在式，動詞是 are，表現在的事實。接著 They were organized...（這個組織是於 1960 年在羅馬成立的），以及 In Toronto in1976, the idea...was born.（1976 年在多倫多，某個點子誕生了），兩句都明確指出過去時間，所以須用過去式，動詞是 were 和 was；下一段的 Today, the Paralympics are sports events.... They emphasize the participants' athletic achievements... 同樣用現在式動詞 are 和 emphasize 表示現在的事實，而 The games have grown in size gradually. 的時態為現在完成式，以 have grown 說明現在的狀況，表示「這個比賽的規模從過去到現在已經有所擴大，而且可能還會持續擴大下去」。最後一句：The number of athletes... has increased from... 的時態同樣是現在完成式，以 has increased 說明現在的狀況，表示「從 1960 年到 2004 年，參加的運動員人數從 23 個國家、400 位運動員，增加到 136 個國家、3,806 位運動員」。

　　閱讀時，英文的時態有時並不是關鍵，因為大多句子的句尾都會有一些表達時間的副詞，所以即使忽略動詞時態，也不會因此造成誤解，但是在寫作或是口語表達時，就必須注意時態，免得造成表達上的謬誤。例如，句子用了過去式，即表示現在不再存在，有時也表示一種現在的否定，如：My brother was a hard-working student.，此句表示他**以前**是用功的學生，可能有兩種意思：一、他現在已經不是用功的學生；二、他已經過世、不在這個世上了。請再閱讀下例：

Your address **was** forwarded to us by *Why Bother Magazine*. / All of us here **think** The International Institute of Not Doing Much is the best organization in the world. You know how to avoid unnecessary activities! ★★　98 年大學學測

→was forwarded 的時態是過去式，動詞 was 是 is 的過去式、forward 加上 ed，很明顯可以看出是「已經寄」的動作，下一句的主要結構："All of us here think..."，用現在式，表示「我們現在認為……」。

Look Further

※粗體字部分為動詞，請注意時態※

The first thing I would like to say **is** 'thank you.' Not only **has** Harvard **given** me an extraordinary honour, but the weeks of fear and nausea I **have endured** at the thought of giving this commencement address **have made** me lose weight. A win-win situation! Now all I have to do **is** take deep breaths, squint at the red banners and convince myself that I am at the world's largest Gryffindor reunion.

Delivering a commencement address **is** a great responsibility; or so I **thought** until I **cast** my mind back to my own graduation. The commencement speaker that day **was** the distinguished British philosopher Baroness Mary Warnock. Reflecting on her speech **has helped** me enormously in writing this one, because it **turns out** that I can't remember a single word she said. This liberating discovery **enables** me to proceed without any fear that I might inadvertently influence you to abandon promising careers in business, the law or politics for the giddy delights of becoming a gay wizard.

（J.K.Rawling 《哈利波特》作者羅琳於 2008 年 6 月獲頒哈佛大學榮譽博士及為哈佛大學畢業生致詞的講稿摘錄，演講題目為：The Fringe Benefits of Failure, and the Importance of Imagination）

講稿引自哈佛大學 Gazette Online：

http://www.news.harvard.edu/gazette/2008/06.05/99-rowlingspeech.html

Study Tips

1. 英文常用的時態僅有「現在」、「過去」、「未來」與「現在完成式」。了解各個時態的用法即可。

2. 注意語意區別：有些時態會影響語意，如「過去」或「現在完成」。「過去」表示已經發生，但現在不存在。「現在完成」（have + p.p.）表示過去發生，現在還持續的動作或狀況。

3. 平常練習以「過去式」為主的口語英文，對時態的掌握很有幫助，如述說昨天發生的事情：I **went** to a fancy restaurant. I **had** a wonderful dinner with my mother. She **ate** only vegetable....

被動

　　「被動」是英文中必須掌握的重要用法之一，其實所謂的被動即表示主詞承受某項動作，使用被動語法時，只須注意相關原則，有時候會因為使用時機、修飾語、動詞的用法不同，而出現一些例外情形，這時只須查閱字典，找出對應字詞、片語等的正確用法即可，不必刻意去背誦例外用法。

　　被動：被動有承受、遭受的意思。主要是表示主詞（人、物、事）承受某些動作或是遭受某些狀況。

　　基本句型：

　　　　　　主詞＋be 動詞＋過去分詞（V-ed）（＋by~）
　　　　　　→人、事、物＋am, are, is, was, were＋動詞 ed 或 en

　　請先看 97 年第二次國中基測中出現的這個句子：

Ms. Wang thought / she lost her ring / last night. / But this morning / she found / that it was on the table / and <u>was covered</u> by a book.

王小姐以為 / 她弄丟了她的戒指 / 昨晚。/ 但是今天早上 / 她發現 / 戒指在桌上 / 而且被一本書蓋著　★

→此例的重點在於 it was on the table and (it) was covered by a book，主詞皆為 it（the ring），第一句是主動用法，第二句從句意可以看出是標準的被動句型：「it（主詞）＋was（be 動詞）＋

covered（過去分詞）＋by a book」。

一般來說，當承受主詞有被動的含義（如上例），或是施行動作的主詞不一或不確定時，就會使用「被動」語態，如 98 年大學學測出現的這個例子：

Air travel / is especially criticized / for exhausting natural resources / and causing environmental damage.

航空旅行 / 格外被批評 / 因為耗盡自然資源 / 以及造成環境破壞　　　　　　　　　★★

→整句話的重點在於 Air travel is...criticized...（搭機旅行遭到批評），批評者不明確也非全句重點，因此使用被動。

使用被動的句子有幾種狀況：

一、強調被施受的主詞或是動作

二、施受的主詞不確定（如前例的批評者是誰不重要也不確定）

三、為了上下文的轉折，以及使語氣更為順暢

因此主動句不能改成被動句，被動的含意也不能改成主動，欲判斷是主動還是被動，須看上下文的意思。

請再看一個歐巴馬就職演說中的例子：

Forty-four Americans / have now taken the presidential oath. / The words / <u>have been spoken</u> / during rising tides of prosperity / and the still waters of peace. / Yet, ever so often, / the oath / <u>is taken</u> / amidst gathering clouds and raging storms.

四十四位美國人 / 現在已發表過總統就職誓言 / 這些誓詞 / 被發表 / 在繁榮富強的時候 / 以及和平寧靜之際 / 但是，不時 / 這誓詞 / 被發表 / 在烏雲密布與時局大動盪之時　　　　　★★★

→第一句的主詞為 Forty-four Americans，動詞是 have taken，後面銜接受詞 the presidential oath，是使用「主動」語態的標準句型，接下去的一句話則以 The words 來承接上一句的 the presidential oath，此時讀者應可判斷出 the words 為主詞，且有被動的含意，所以第二句用被動；第二、三句話都以 oath 概念來主導，重點在於 oath（誓詞）在不同時間被說出來（have been spoken, is taken），而並非指出宣誓的人是誰。歐巴馬這一段話巧妙運用了「被動」，我們可從而得知使用被動除了語意的強調外，也有承接上下文的功能（承接第一句的 presidential oath），所以在此例使用被動是最好的選擇。

　　最後要特別提出一個相當重要的觀念，在大部分的情況之下，主動與被動，由於語意不同以及上下文轉折的關係，兩者是不能互換的，所以建議您不必做被動與主動的文法互換練習，只要認清上下文或是語意，判斷應該使用被動還是主動即可。此外，有些動詞的主詞如果為「人」時，則須使用特殊的被動語態，例如：人＋be interested（disappointed, excited, embarrassed 等），可參考字典中這些動詞的使用時機。

Look Further

- As a singer, I've had many opportunities to travel, and one thing I've learned is that through my music, **I can be accepted by people** all over the world.

(Celine Dion 席琳狄翁)

- Hardware: **the parts of a computer that can be kicked**. (Jeff Pesis)

- **Most people are bothered by those passages** of Scripture they do not understand, but the passages that bother me are those I do understand.

(Mark Twain 馬克吐溫)

Study Tips

1. 被動的表達形式在英文很常見，但在中文卻不明顯，如：我很累了（中文主動）；I am exhausted / tired.（英文被動）。

2. 英文的被動形式，其實在語意的表達上，有時仍是主動含義。只是動詞本身的用法以被動形式呈現，如 be excited, be interested, be tired 等。

比較級

英文文法中，除了句法及時態之外，「比較」的用法也相當特殊，雖然語意與中文大致相同，但必須特別注意所使用的修飾語要如何變化及其用法。使用比較級時，僅需注意大原則，只是有時候會因為使用時機不一樣，或是修飾語、動詞的用法不同，而有例外，一旦遇到例外用法時，只須查閱字典，找出相關字詞的用法即可，不用刻意背誦。

所謂比較級，就是把某一樣人或東西，與另一樣人事物作比較，此類文法的語意與中文略同，可分為兩者的比較與兩者以上的比較：

兩者的比較：A 跟 B 比，或是主詞本身自己跟自己比較（現在的自己與過去的自己比、與不同狀況的自我比較等）

句型如下：

> 主詞 + be + adj-er (or more adj) + than ~
> 主詞 + 動詞 + adv-er (or more adv) + than ~

意思就跟中文的比較頗為類似，比如說：什麼比什麼好、什麼比什麼差……，英文例子如下，無須知道整句翻譯，只要瞭解是誰與誰比較即可：

[1] Are you smarter than a 5th grader？（你比小五生聰明嗎？）

Most Japanese live longer than their Asian neighbors. （日本人比亞洲鄰國人民活得長）

With the help of the computer, / we can work more efficiently than the earlier generations.

（由於電腦的協助 / 我們比前幾代的人工作更有效率）

According to popular folklore, / many animals are smarter than they appear.

（依據傳統 / 許多動物都比牠們外表看起來還要聰明）　　　　　★★　98 年大學學測

　　再次重申，比較級不一定是兩個不同的人事物做比較，也可以是「自我的比較」，上述最後一例中的 many animals are smarter than they appear. 即表示很多動物比牠們表面上（they appear）看起來更加聰明。

　　有時候，除了比誰好之外，還可以用 less（more 的相反詞）來表示「比較差」，茲舉美國總統歐巴馬就職演說中的一個句子為例：

Our workers / are no less productive / than when this crisis began.

我們的勞工 / 沒有更沒有生產力 / 比這次危機爆發的時候

→此處是 Our workers（我們的勞工）自己跟自己作比較，亦即沒有比危機開始時，更沒有生產力（no less productive），全句講述：生產力並未下降，與危機之前是一樣的。

---

[1] 美國福斯電視台的一個益智節目名稱，類似台灣的《百萬小學堂》。

　　另外，除了比出好壞高低優劣……等等之外，英文中兩者的比較還有一種：兩者比較的部分是一樣的，句型如下：

名詞（主詞）+ be + as adj as + 名詞

名詞（主詞）+ 動詞 + as adv as + 名詞

　先舉 98 年國中第一次基測的試題為例：

Are things / as simple as / black or white?

事情 / 一樣簡單 / 是非黑白、對錯？　　　　　　　　　　　　　　★

The music is not / as exciting as / it should be / during exciting moments.

音樂不如 / 一樣刺激 / 它應有的 / 在刺激的時刻　　　　　　　　★

→第一句是 things 和 black or white（是非黑白、對錯）作比較，比較「simple」的程度。

→第二句中的 the music 就是 it，所以是自我的比較，比較的是「exciting」。

___

　　請再看以下兩例：

Susan is / as intelligent as / the other girls in class.

蘇珊 / 一樣聰明 / 班上其他女孩

Even without the help of the computer, / Paul can work / as efficiently as / the others in the office.

即使沒有電腦協助 / 保羅可以工作 / 一樣有效率 / 辦公室中其他人

→兩句都是主詞和 the others 作比較，第一句比的是 intelligent（adj）；第二句比的是工作的效率，修飾動詞 work，故用 efficiently（adv）。

兩者以上的必較：比較的對象超過兩個以上，表示出什麼是「最……的」。

主詞＋動詞＋the best、the most ＋ adj / adv

美國總統歐巴馬就職演說中曾用到此句型：

We / remain / the most prosperous, powerful nation / on Earth.

我們 / 仍是 / 最繁榮、最強盛的國家 / 在世界上

→不知大家有無看出中、英文最大的一個不同之處，中文裡最好的只有一個，而英文的最高級卻可以有很多個，例如：She is one of the most beautiful girls I have ever seen in my life.，此處 one of the most beautiful girls 表示「最美麗的女生之一」。

Look Further

• Wagner's music **is better than** it sounds.　　　　　　（Mark Twain 馬克吐溫）

　→兩者的比較（自己和自己作比較）

• With the worsening of global economic conditions, it seems **wiser** and **more sensible** to keep cash in the bank **than** to invest in the stock market.　　（98 年大學學測）

　→兩者的比較（A 跟 B 比）

• I am **the most well-known** homosexual in the world.　　　（Elton John 艾爾頓強）

　→兩者以上的比較（最……的）

• You know the world is going crazy when **the best** rapper is a white guy, **the best** golfer is a black guy, **the tallest** guy in the NBA is Chinese, the Swiss hold the America's Cup, France is accusing the U.S. of arrogance, Germany doesn't want to go to war, and the three **most powerful** men in America are named 'Bush', 'Dick', and 'Colon.' Need I say more?　　　　　　　　　　　　　　　　　　（Chris Rock 克里斯洛克）

　→兩者以上的比較（最……的）

Study Tips

1. 比較級指的是人與人、物與物的比較，比較好一些用 more，差一些用 less，如 more beautiful, more efficient 或是 less efficient。

2. 英文中的比較也可能是兩種狀態的比較：I am thinner than before（現在與過去相比）。

3. 其他一些較複雜的比較用法，如 no...more than 或是 no...less than 等用法，可以暫時放一邊，不用花太多時間去理會這些修辭的用法。在國際英文溝通中，這些委婉的說法不太會出現，大多使用的是直接、清楚的語言。

假設法

　　我們在使用英文時，除了必須知道基本英文句法的使用之外，還要注意有哪些用法跟自己的母語有所不同。之前提過的時態、被動或是比較等觀念，在使用上都與中文的表達不同，因此文法的規範對正確使用英文就很重要。本章要介紹一個英文中比較特殊的用法：「假設」。

　　所謂英文的假設法，主要是指所描述的事件或情況是一種假設（如果）的概念，與真正的狀況（事實）不同或相反，像是 If were a bird（假如我是一隻鳥），實際狀況與句子的描述完全不同，因為我（人）不可能是鳥！

　　中文遇到欲表達假設的狀況，通常會以上下文的語意脈絡，或是運用「如果」、「假設」等詞語來表示，而英文則會使用動詞的時態變化來顯示假設的狀況與真實的狀況不同。 一般來說，因為時間不同，假設的表達主要有三種：與現在事實不同、與過去事實不同、與未來事實不同。

- 與現在事實不同的假設：過去式 were or V-ed
- 與過去事實不同的假設：過去完成式 had + Ved / would (should, might) have + p.p.
- 與未來事實不同的假設：were to + V

由於語意不同，其實假設法也會出現一些不同的變化，如可能性很低的一種假設或是隱含嘲諷味道的假設，就會有不同的表達方式，但是這些狀況實際上很少出現，建議大家忽略那些不常見的用法，只要牢記書籍、報章雜誌或考試中常常出現的假設狀況即可。

假設法可以用下面的方式來表達：

1 與現在事實、狀況相反或是不同：If S + were (or Ved), S + would (should, might) + V

If woman didn't exist, / all the money in the world / would have no meaning.

如果沒有女人的話 / 世上所有的錢 / 就沒有意義了　　　　　　★　Aristotle 亞里斯多德

→真實情況是「世界上有女人」，因此這句話用了與現在事實相反的假設。

How dreary / would be the world / if there were no Santa Claus!

多麼無趣 / 這個世界會是 / 如果沒有聖誕老人的話　　　　　★★　出自高中課本

→此句表示「假如沒有聖誕老人，世界會多無趣！」，但事實上作者認為聖誕老人是存在的，因此敘述與事實不符。

2 　與過去事實或是狀況相反或不同：If S + had Ved, S + would have + Ved

If Steve had not dropped out of school 10 years ago, / he would not have had a chance / to start his business.

如果十年前 Steve 沒有休學 / 他就不會有一個機會 / 去開創他的事業　　　★★　出自高中課本

→實際上的狀況是那時 Steve 休學了，所以此句與過去事實不符。

3 　與未來事實、狀況相反或不同：If S + were + to V, S + will (shall) + V

Live / as if you were to die tomorrow.

活著 / 有如你明天就會死亡　　　★★　Gandhi 印度聖雄甘地

→ 這句話喻人們要好好掌握生命，「有如明天將會死亡」，但事實上明天並不會死，故運用與未來事實相反的假設用法。

此外，假設的用法也常可單獨存在使用，無須使用 if 引導的從屬子句，只以一句主要子句表示，例如：

We could have deployed the full force of American power / to hunt down and destroy

Osama bin Laden, al Qaeda, the Taliban, / and all of the terrorists responsible for 9/11, / while supporting real security in Afghanistan.

我們原可全力部署美國的兵力 / 去追捕並殲滅賓拉登、蓋達、塔利班 / 和所有涉及九一一的恐怖分子 / 同時支持阿富汗真正的安全　　　　　　　　　　　★★★　2008 歐巴馬當選演說

→這些句子表示「過去應該發生或應該做的動作，卻沒有發生或是去做」；如果欲表示現在應該做卻沒做，就用：should (would) + V；如果是過去應該做卻沒做，就用：should (would) have + Ved，而後者是最常用的。

We should / stop letting unskilled laborers / into Japan...

我們早就應該 / 禁止讓無技術勞工 / 進入日本……

　　　　★★　2009/5/5《紐時周報》精選〈An Exodus in Reverse Upends Migrant Lives 〉

→句中的 should stop... 表示現在應該禁止無技術勞工進入日本，但是卻沒做。

　　假設法的用法其實在口語中較少出現，但是在寫作文章中，尤其是演講或論述，則常常出現，這種表達方式，主要是透過一種假設的狀態，來間接提出不同的看法或是強調某一種看法。

And I would not be standing here tonight / without the unyielding support of my best friend for the last 16 years, / the rock of our family, / the love of my life, / the nation's next first lady Michelle Obama.

我今晚不可能會站在這裡 / 沒有我最好朋友過去十六年來的支持 / （她也是）我家的支柱 / 我一生最愛 / 這個國家（美國）下任第一夫人蜜雪兒歐巴馬　　★★★　2008 歐巴馬當選演說

→歐巴馬表示今晚可以站在這裡，都是因為太太的關係，但為何不用一般的敘述，而用此種假設呢？上句中的假設法主要是修辭的一種表現，間接表示自己因為「太太」的關係，完成了本來做不到的事，也以這種語法「突顯」太太的重要性。

Look Further

- **If he sold** the stone, he **would have** enough money for the rest of his life.

  →與現在事實、狀況相反或是不同的假設　　　　　　　　　　　　（97 年大學學測）

- Learn as **if you were to live** forever.　　　　　　　　　　　（Gandhi 甘地）

  →與未來事實、狀況相反或不同的假設

- **If someone were to harm** my family or a friend or somebody I love, I **would eat** them. I might end up in jail for 500 years, but I would eat them.　　　（Johnny Depp 強尼戴普）

  →與未來事實、狀況相反或不同的假設

- I have these big piano-playing hands. I feel like I **should be** picking potatoes.

  →現在應該做卻沒做的假設　　　　　　　　　　　　（Sandra Bullock 珊卓布拉克）

- I'm really bummed we didn't win Best Kiss. We **should have rehearsed** a bit more.

  （Nicole Kidman 妮可基嫚在 MTV 電影獎頒獎典禮對 Ewan McGregor 伊旺麥奎格所說的話）

  →表過去應該做卻沒做的假設

Study Tips

1. 英文的假設法，大都為一種修辭概念。在現今講究直接且清楚的國際英文（Global English）中，假設法越來越少在國際場合中出現。

2. 母語人士常使用 could have + p.p. 或是 could + V 表示應該做卻沒做，這是假設法在口語或是書寫中，較常出現的用法。

3. 其餘假設法的用法，暫時放在一旁吧！

GRAMMAR FOR LIFE

應用篇

閱讀紐約時報的英文新聞

從十大句法到假設法，我們已經將英文中重要的文法大抵講完。在閱讀、寫作或是口語練習時，對於這些文法應該以「應用」為主，也就是這些文法是協助我們理解一篇文章或是協助我們撰寫合乎英文語法的句子。文法並非阻礙語言使用的僵硬規則。在此建議，首先習慣英文的句型與語法，掌握一些基本的規則（如時態、比較、假設等），接著熟悉一些英文字詞的用法，而非記憶複雜的文法規則。

以下運用至今所學的文法（主要以十大句法為主）來解讀較難的英文：

Six years after the Spanish construction boom lured him here from his native Romania, Constantin Marius Mituletus is going home, another victim of the bust that is reversing the human tide that has transformed Europe and Asia in the past decade.

"Everyone says in Romania there's no work," Mr. Mituletu, 30, said with a touch of bravado as he lifted his mirrored sunglasses onto his forehead. "If there are 26 million people there they have to do something. I want to see for myself."

Mr. Mituletu, who is planning to return to Romania this month, is one of millions of immigrants from Eastern Europe, Latin America and Africa who have flocked to fast-growing places like Spain, Ireland, Britain and even Japan in the past decade, drawn by low unemployment and liberal immigration policies.

But in a marked sign of how quickly the economies of Europe and Asia have deteriorated, workers like Mr. Mituletu are heading home, hoping to find better job prospects in their native lands.

★★　2009/5/5《紐時周報》〈As Jobs Die, Europe's Migrants Head Home〉

　　此篇報導主要是談東歐國家的工人，由於自己國家失業嚴重，轉向歐洲其他經濟發展較好的國家（如西班牙、愛爾蘭）甚至日本謀生，然而碰上歐亞經濟不景氣，他們又要回家了。此篇報導一開始以個案開始講述，從一個羅馬尼亞的建築工人（Constantin Marius Mituletus）談起，到了第三段才點明 Mituletu 是來自東歐、南美洲及非洲數百萬移民中的一員。

　　這種從個案開始，將鏡頭拉到全球的場景，是非常典型的新聞英文或是英文敘述的寫作方式，強調個人的經驗與整體的脈動結合，非常具有說服力，也強調個人在此經濟發展的重要性，讓讀者感同身受。

　　第一句話以 Constantin Marius Mituletus 為主詞，動詞 is going home（表示正要回家），句型很簡單，但加上一些狀況或修飾語，就成為語意比較複雜的句子，其實可以將此長句，依照之前所提的文法句型觀念，拆解成一個個簡單的小單元，以方便理解：

Six years / after the Spanish construction boom / lured him here / from his native Romania, /

六年 / 在西班牙建築榮景後 / 吸引他來到這裡 / 離開祖國羅馬尼亞 /

Constantin Marius Mituletus is going home, / another victim of the bust / that is reversing the human tide / that has transformed / Europe and Asia / in the past decade.

Mituletus 正要回家 / 另一種經濟失敗的受害者 / 正在改變人口流動 / （此人口流動）已改變 / 歐洲與亞洲 / 在過去十年間

　　而六年之後，Mituletus 要回家了（現在進行式時態：表示他將要回家了），...after the Spanish construction boom lured him... 所引導的一句從屬概念，表示六年前的狀況（西班牙的建築熱潮吸引他到此，而且是從他的祖國羅馬尼亞來此的）；another victim of the bust that... 則說明主詞 Mituletus 是某種經濟失敗或破產（the bust）的一個受害者，而緊接著 bust 後面又有一句話來解釋這個 bust 現在正在徹底改變（現在進行式：is reversing）人口流動（human tide）；而此 human tide 在過去十年以來（in the past decade），已經改變了（現在完成式：has transformed 表示從十年前到現在都持續的動作）歐洲與亞洲。

　　這一長句其實結構相當簡單，只是「主詞＋動詞」的句型，前面用時間副詞說明六年後，後面再加上一個修飾語 another victim 說明此人是誰。須注意的是「時態的變化」，句中的時態變化影響了語意，如進行式（is going home, is reversing 表示將要做或是正在進行的事），完成式（has transformed）表示從過去到現在的動作，過去式動詞（lured）表示以前吸引他來此的建築榮景或熱潮（construction boom）。

此新聞報導的第二句，其主要結構就是先前提到的幾個句型的結合，如下所示：

"..." Sb says ; with + N (with a touch of bravado) ; as + S + V

"Everyone says..." Mr. Mituletu, 30, said with a touch of bravado as he lifted...

第三句話同樣以 Mr. Mituletu 為主詞，動詞是 is，表示 Mr. Mituletu 是幾百萬移民中的一員（one of millions of immigrants），who 所引導的從屬概念則說明了這些移民的情況，拆解過後即很容易理解：

who have flocked to fast-growing places / like Spain, Ireland, Britain and even Japan / in the past decade / drawn by low unemployment and liberal immigration policies.

他們成群來到快速發展的地方 / 如西班牙、愛爾蘭、英國、甚至是日本 / 在過去十年以來 / 被低失業及寬鬆的移民政策吸引

最後一句話的主詞為 workers，動詞是 are heading home，整體句法結構為：**主詞 + 動詞, Ving**（hoping to find better job prospects in their native lands）（見十大句法 3），同樣可以試著將此長句拆解成小單元來幫助理解：

But in a marked sign / of how quickly / the economies of Europe and Asia have deteriorated, /

但是在明顯的徵候之下 / 多麼快地 / 歐洲與亞洲經濟已經惡化 /

workers / like Mr. Mituletu / are heading home, /

工人 / 像 Mr. Mituletu 這些人 / 正要回家 /

hoping to find better job prospects / in their native lands.

希望能找到更好的工作前景 / 在他們自己的國土

　　以上文章的解讀，建立在本書一直強調的十大句型結構上，挑出主詞與動詞的主要結構，並指出補充說明的情況（如時間或是情境的從屬結構），再注意一下時態：現在、現在進行（或表示將要進行）、過去及現在完成，並活用三大文法概念（句型、從屬概念、時態），就可以完全掌握此篇新聞閱讀的主要含義。除了文法之外，重點還可聚焦在一些動詞的生動用法（如 lure, lift, flock, deteriorate, head），然後就是了解英文的寫作方式（以個案開始，擴及大環境的全貌說明）。

Study Tips

還記得十大句法嗎？讓我們來複習一下：

1. **S + (...) + V**

2. **Ving (Ved) ..., S + V**

3. **S + V..., Ving (Ved)**

4. **With + N + (Ving or ved) ..., S + V**

5. **(Phrase) , S + V**

6. **"..." says Sb ; Sb says, "..."**

7. **S + V + that + (noun clause)**

8. **Adv clause, Main clause (of Main clause + adv clause)**

9. **S, Adj clause, V**

10. **倒裝句（sentence inversion）(adv + V + S)**

大考翻譯

　　我常常告訴學生：要用英文來思考！也就是直接以英文的單字或是句法來思考，不要先用中文的語意來想，然後再翻譯成英文。但是對於非英語母語使用者來說，這種英文思考的過程需要一段過渡時期。首先，一般人會習慣性地透過母語思考，再轉換成外語語法，也就是說話者心中先有一些想法，再將這些想法，以英文句法來表達，等到這種轉換的機制非常熟悉也非常快速，就接近用英文思考的境界了。

　　大學考試的翻譯考題就是這種轉換機制的檢驗，其目的並非考翻譯（用詞遣字或修辭能力），而是測驗學生如何將中文語意轉換成英文句法，並針對中文與英文表達中不同的字序（word order）及一些常用的表達方式，要求學生確實掌握，以奠定寫作的基礎。

　　大考的翻譯試題，多以兩段式結構為主，好便於計分。首先是看應考者對句型的運用，也就是英文字序是否排列正確，這樣就可以得到一半的分數；接著再看用詞遣字是否正確傳達語意，最後一步則是檢查拼字、標點符號等。因此，掌握正確的句型是很重要的關鍵。本章將從基本的中英文句法轉換談起，並應用講述過的十大句型及相關文法觀念，建立大家翻譯寫作的信心。

中翻英解題四步驟

　　一般人在中翻英時，往往會落入逐字翻譯的陷阱，用中文句法表達英文，而完全忽略應有的英文句構。切記，寫中翻英的句子時，首重了解句子的結構，確立正確的字序。

　　英文句子結構與中文的句法不同，所以想要輕鬆解決中翻英的題目，除了找出適當的字詞之外，還可以依循以下四個步驟進行中翻英：

　　一、找出主詞與動詞
　　二、將句子的主要結構寫出來，其次納入次要結構
　　三、找出句子的一些關鍵字詞，並放入適當的位置
　　四、加入其他字詞，最後檢查標點符號、主動詞一致性、名詞單複數、冠詞以及拼字

　　EX　　全球糧食危機已經在世界許多地區造成嚴重的社會問題。　　（97 年大學指考）
　　　　　　　主詞　　　　　　　　　　　　　　動詞

　　請依照上述四個步驟，將中文的語意轉換成英文句法：

　　首先，此句的主要結構語意是：糧食危機造成社會問題（food crisis causes social problems）。

(a) 找出主詞與動詞：

→ 糧食危機＋造成（food crisis + cause）

(b) 句子主要結構：主詞＋動詞＋受詞

→ Food crisis + cause + problems.

(c) 找出句子一些關鍵字詞：

→ serious social problems（嚴重的社會問題）

→ Global food crisis（全球糧食危機）has caused（已經造成）serious social problems.

(d) 加入其他字詞，檢查時態（使用完成式：中文的「已經」表示從過去到現在已經完成的狀態）、冠詞及單複數等。

→ The global food crisis has caused serious social problems in many parts of the world.

另外，也請大家注意中英文字序的變換：

全球糧食危機已經在世界許多地區<u>造成嚴重的社會問題</u>。

→ The global food crisis has <u>caused serious social problems</u> in many parts of the world.

（英文中一些表示狀況的字詞，如：in many parts of the world，會放在句子最後面）

EX 聽音樂 是一個你可以終生享受的嗜好。 （97 年大學學測）
　　 ‾‾‾‾　　　　　　　　　　　　　‾‾‾‾
　　　主　動

(a) 找出主詞與動詞 → 主詞：聽音樂；動詞：是

　　→ Listening to music is...

(b) 找出此句子的主要結構：S + V（聽音樂是一個嗜好）

　　→ Listening to music is a hobby.

　　找出次要結構：「你可以享受的」

　　→ Listening to music is a hobby which you can enjoy.

　　（一般來說，修飾字詞會放在所修飾字的前面，如 a cute dog；如果修飾詞太長，就會放在修飾字後面，構成一個次要結構，如 which you can enjoy）

(c) 找出句子的一些關鍵字詞：

　　→ all your life（一生、終生），表示一種狀況，大都放在句尾。

(d) 加入其他字詞，並檢查拼字、標點符號、以及動詞時態是否正確後，即完成翻譯。

　　→ Listening to music is a hobby which you can enjoy all your life.

　　或 Listening to music is a hobby which you can enjoy for life.

最後再注意中英文字序的變換：

聽音樂是一個<u>你可以終生享受的</u>嗜好。

Listening to music is a hobby <u>which you can enjoy all your life.</u>

中文轉換成英文句法時，跟分析長句結構一樣，最重要的是先找出主詞與動詞、主要結構與次要結構，然後找出適當的字詞與動詞用法，再將其他關鍵字或是修飾語填上。英文是種衍生的語法結構，先有基本結構（S＋V），其餘的字詞就堆疊上去即可。最後，請大家依循上述四個步驟，以下列例句來小試身手一番。

EX 但能彈奏樂器可以為你帶來更多喜悅。 （97 年大學學測）

(a) 找出主詞（能彈奏樂器）與動詞（可以帶來）。

→ Being able to play an instrument can bring...

(b) 將句子的主要結構寫出來，其次納入次要結構（若有的話）。

主要結構：主詞＋動詞＋受詞

→ Being able to play an instrument can bring you joy.

(c) 找出句子的一些關鍵字詞，並放入適當的位置。

→ But 或 However（但是，然而）

（通常置於句首，後面加上逗點後，再接主要子句）

(d) 加入其他字詞（more），最後檢查標點符號、主動詞一致性、名詞單複數、冠詞以及拼字。

→ But, being able to play an instrument can bring you more joy.

 ## 大考最常出現的句型

掌握了中文語意轉換成英文句法，是突破大考中翻英試題最有效的方法。所以判斷主詞與動詞的結構非常重要，也就是說英文寫作最重要的工作就是先找出主詞與動詞。此外，英文的句法也是關鍵，尤其大考常考兩段式結構，所以十大句法中，具備兩段結構的句法，就是大考最常出現的句型，整理如下：

1. S＋(...) + V
2. Ving (Ved) ..., S + V
3. S＋V..., Ving (Ved)
4. With + 名詞 + Ving (Ved), S + V
5. Phrase, S + V
6. 從屬結構 + S + V
7. S + adj 子句 (which, that, who...) + V

EX 大眾運輸的快速發展已逐漸縮短了都市和鄉村的距離。 （96 年大學指考）

句型結構：主詞（片語）＋動詞＋受詞片語 → 句型 1

→ The rapid development of public transportation has gradually shortened
　　　　　　　　　S　　　　　　　　　　　　　　　　　　　　　　　　　　V

the distance between urban and areas.
　　　　　受詞片語

EX 有了高速鐵路，我們可以在半天內往返台灣南北兩地。 （96 年大學指考）

句型結構：副詞或是形容詞片語，主詞＋動詞 → 句型 4

→ With the high speed rail, we can travel between northern and southern Taiwan
　　　　副詞片語　　　　S　　　V

within half a day.

一般來說，兩段式翻譯要注意三要點：

一、複句結構（或是 Ving, Ved, to V 結構）
二、主詞字彙、動詞選擇
三、字序（word order）

EX 如果我們只為自己而活，就不會真正地感到快樂。 （96 年大學指考）

句型結構：從屬結構，主詞＋動詞 → 句型 6

→ <u>If we only live for ourselves,</u> <u>we</u> will not really <u>be</u> happy.
　　從屬結構（if引導的子句）　　　S　　　　　　　　V

EX 當我們開始為他人著想，快樂之門自然會開啟。 （96 年大學指考）

句型結構：從屬結構，主詞＋動詞 → 句型 6

→ <u>When we begin to stand in others' shoes (think for others),</u> <u>the door to happiness</u>
　　　　從屬結構（when 引導的子句）　　　　　　　　　　　　　S

automatically <u>opens</u> to us.
　　　　　　　V

此外，時態的變化也因中文的時間表達有不同的方式，表示已經、曾經等語意時須用現在完成式（have / has + Ved / Ven）；表示過去發生的事情（如 three years ago 等）則用過去式，而使用現在式來表示現在狀態的例子也很多。

在翻譯的過程中，主詞常常是關鍵，一些與社會時事有關的名詞常會成為考題，如高速鐵路（high speed rail）、糧食危機（food crisis）、教改（educational reform）、全球暖化（global warming）、新流感（H1N1 Flu）等，建議多注意報章雜誌中出現的一些議

題，以及時事相關的主詞結構。

常使用的動詞，如 warn（警告）、encourage（鼓勵）、allow（允許）、confirm（確定）、prove（證明）、believe（相信）、focus on（集中於）、pay attention to（注意）、apply for（申請）等，對於這些動詞，必須盡量知道其用法，可以每個動詞造兩個例句，每句十個字以上，對於了解這個動詞來說就非常容易。

Look Further

• VOA Special English 美國之音學習版

http://www.voanews.com/specialenglish/

VOA（美國之音廣播電台）的網站圖文、音檔並茂，標榜以「非英語系國家的人」都能理解的英語播報世界新聞，不但播報速度較慢，也不使用冗長的複合子句，以及不常用的俚俗語。特別推薦 VOA 網頁上「Our Word Book」中列出的 1500 個英文單字，只要記住這些單字，就能聽懂約 95% 的新聞內容。

• BBC Learning English

http://www.bbc.co.uk/worldservice/learningenglish/

BBC（英國國家廣播公司）所架設的這個網站，內容隨時更新、完全免費，蒐羅全球時事、科技、藝術人文等文章，亦有文法與片語的介紹。

- **紐約時報精選周報**

  http://city.udn.com/593

  《聯合報》與《紐約時報》合作的「紐約時報精選周報」，可以讓你更了解世界趨勢、擁有科技及藝術知識，部分英文文章也會附上中文翻譯，訓練閱讀之餘，亦可增加時事字彙庫。

- **台灣光華雜誌**

  http://www.taiwan-panorama.com/ch/

  可以檢索許多中英文章，許多你想知道的英文時事單字，都可以在此網站找到用法和例句。

Study Tips

　　大考英文翻譯寫作，最重要的是將想法化成英文句法，努力以「英文」來思考，接下去發展自己的一些看法；活用所學的動詞與名詞，就可以輕鬆面對寫作。詳細的作文課程，可以參考政大附中溫宥基老師所著《*Essential Writing Skills*》。

大考之作文概述

寫作是語言能力中最難的一環，寫作者不僅要掌握英文的語法，更要能夠將想法化成英文語法。將想法轉換成英文的過程中，必須注意語言的知識與內容的表達。本章將告訴大家在寫作時，如何將所想到的觀念或事物，利用之前介紹過的文法與句法，轉換成英文，內容以大學考試的作文為主，不過這些原則也可以運用於任何形式的英文寫作上。

寫作能力不佳或無法寫出一篇語意完整的文章，問題不外是：

- 辭彙不夠、句型單調
- 句子與段落轉折不順，思考跳躍
- 內容貧乏，沒有深度
- 中英文思考混亂

對台灣學生來說，大部分應該是語言的問題，也就是學生腦中雖然有些想法，但只要一遇到英文，就會因為字彙不足或語法不熟，而無法將想法轉換成英文，只能勉強用中文句法來套用英文單字，寫出如下中英混淆的句子：

雖然體重是個大問題，我們每天運動，就不是問題。

Although, weight is a big problem. We every day exercise that it is not a problem.

要改正這種句法混淆的問題或是語言轉換的困境，可以藉由以下方式來練習：

1　複習十大句法的觀念與反覆的寫作——加強其主詞與動詞的結構

首要之務就是熟悉十大句法！想到一個觀念或是想寫一件事情時，先寫出主詞，再去思考要用哪一個動詞，這樣一來基本結構就完成了。舉例如下：

(a) 他的爸爸講話

$$\underset{\text{S}}{\text{His father was}}\ \underset{\text{V}}{\text{talking}}.$$

(b) 然後將句子延伸：加入講話的對象（to the teacher）

His father was talking to the teacher.

(c) 接下去加入更多的內容（有關他的成績：about his grades）

His father was talking to the teacher about his grades.

(d) 修飾一下成績怎麼樣（成績不好：poor grades）

His father was talking to the teacher about his poor grades.

(e) 指出時間或是地點，讓內容更具體、生動一些

→ After school, his father was talking to the teacher about his poor grades.

注意：在這裡，動詞用法很重要，我一再強調不用去思考這個動詞是及物或不及物動詞，只要查閱字典，或多看一些例句就可以知道用法。如上例中的 talk，大家都會說 talk to me、talk to my mother 等，這樣就能知道 talk 的用法，絕對不要去想這個動詞是不及物動詞，所以要加介系詞等諸如此類的文法術語與文法觀念。

簡化文法觀念在寫作中非常重要，不要想太多文法，但是要有英文句法與時態的概念。

簡化文法三步驟：

一、主詞（人、物、抽象名詞）
二、單一動詞的觀念（動詞用法）
三、時態（現在、過去、完成、進行）

透過上述三個步驟，就能將一句完整的英文表達出來，而且不須透過中文句法的思考來套用英文單字，這就是將想法轉換成英文句法的第一步，大家可以靈活運用之前所介紹過的句法，來將中文想法轉換成英文，如下例：

心中的想法：由於不同的人來自世界各處，紐約成為一個具有不同文化的國際都市。

運用句法：

With N + Ving (Ved, to V)...S + V

轉換步驟：

(a) **主要結構：主詞＋動詞**（熟悉動詞 become 的用法）

New York becomes an international city.

(b) **加上修飾語**（with different cultures）

New York becomes an international city with different cultures.

(c) **加上說明狀況的次要結構：**使用 with＋名詞＋Ving 的結構來表示「不同的人來自世界各處」

With different people coming from everywhere in the world, Now York becomes an international city with different cultures.

(d) **調整一些用詞，讓句子更生動或辭彙更豐富：**此句用了兩個 different，讀起來不是很順口，可以換一個修飾語，故用意思相近的 diverse 來代替第二個 different

→ With different people coming from everywhere in the world, New York becomes an international city with diverse cultures.

　　至於要如何知道用哪一個字來替換呢？建議可以使用同義字字典（如 《*Roget's Thesaurus*》），尋找語意接近的一些字詞來代替，文句就會比較有變化。至於如何選擇哪一個句法來將心中的想法化成英文主要有以下三個步驟：

一、先確定主詞＋動詞的結構
二、確定那一個句法較合適（從情境著手，找出適合句法 → 可以將十大句法放在旁邊）
三、有了基本結構，再加上修飾語

2　熟悉英文句子間的轉折

　　複習十大句型的觀念與反覆的寫作，就是要加強主詞與動詞的結構，接著第二步就是熟悉英文句子間的轉折。有了第一句話，接下去的語意如何連接，如何延續觀念，牽涉到所謂的 transition（轉折）。注：大考篇章結構就是考句子間的轉折與段落的完整性。

　　英文句子間的轉折有四種用法：

(1) 使用前一個句子中的任何一字（或是觀念），成為下一個句子的主詞、受詞或其它的觀念延伸：

After school, his father was talking to the teacher about his poor grades. His poor grades became a shame in his family.

→此處使用 poor grades 當成第二句話的主詞

With different people coming from everywhere in the world, New York becomes an international city with diverse cultures.

How do these cultures change the city?

→第二句話以第一句話的最後一個字 cultures 當主詞

再來看一個例子,您看出兩句之間的連結了嗎?

I am most impressed with the Toyota Hybrid car commercial. In the commercial, soft wind blows, clean water runs, and happy children run around.

(2) **使用代名詞(they, we, you, he, she, it 等)來延續前面句子的觀念與動作:**

My heart sank when Mother told me my old pet dog had gotten sick. When I entered the house, it was lying on the floor, looking uneasy.

(3) **使用對稱句法:** 使用一連串相同的句型結構,除了可以延續一些觀念之外,還可以強調這些觀念的重要性,讓文句的轉折更加流暢有力。

I like Sponge Bob because he maintains a positive attitude towards life. He has the loudest laughter I've ever heard. He has a lovely face with sparkling eyes to show to the world. He has all his friends to support him.

此處使用He was...的對稱句法。

(4) **使用轉折語**（如 first, second, in addition, meanwhile, on the contrary, however），構成文章的連續性，也指出句子間的邏輯關係：

My mother sometimes worried about my spending too much time on computers; however, my father encouraged me to explore other fields beside schoolwork.

Study Tips

1. 寫作的第一步就是要將想法化成英文句法，活用之前介紹的十大句法，先想主詞及動詞（注意個別動詞用法），將句法套用進去，再將句子延伸。文法上要注意的則是時態（例如動作是現在、過去或已經完成）

2. 第二步則延伸第一句話的語意，也就是寫出第二句話，這時有關的句間轉折就可以派上用場（如使用前一句中出現的關鍵字當主詞、使用代名詞等）。等到句子的概念有了，就可以接著學習段落的說明與寫作，並進而瞭解大考的兩段結構如何寫？看圖（照片）寫作如何進行？

※部分資料由政大附中溫宥基老師提供

大考之段落寫作

1 寫作四大步驟

寫作過程大概可以分成四大步驟：

一、創造想法

二、組織想法及擬定大綱

三、草擬內容

四、修改（語言與內容的修改）

以一篇大考作文題目為例：

The two things that best represent Taiwan are...（最能代表台灣的兩樣東西是⋯⋯）

(a) 創造想法：首先將可能的東西列出來

例如：Jay Chou's music（周杰倫的音樂）、Taiwanese talk show（台灣談話性節目）、MP3 player（MP3播放器）、pearl milk tea（珍珠奶茶）、a baseball with Wang Chein-ming's autograph（王建民簽名球）等。

(b) 組織大綱：挑選兩樣覺得不錯的東西代表台灣，並列出可能的理由

EX　　Wang's baseball（王建民棒球）：

winning praise for Taiwan（為台灣贏得讚美）; training hard to face the competition
（為賽事努力訓練）; serving as a heroic model for youths（堪為年輕人的英雄表率）

EX　　pearl milk tea（珍珠奶茶）：

standing for Taiwan's creativity（代表台灣的創意）; combining western tea with
Taiwan's sweets（結合西方茶與台灣的甜點）; embracing the idea of mixing the
West and the East（接受結合東西文化的想法）

　　寫作大綱時除了想法之外，最好可用動詞（winning, training, serving 等）表達出來，
如此一來日後要造句就會比較簡單。

(c) 草擬內容：將這些理由利用先前提過的句法寫出簡單的句首，條列出來，然後利用轉
折手法，將句子組合起來。

Wang Chien-ming wins praise for Taiwan through his pitching skills.
（Wang + win＝主詞＋動詞）

He trains hard to face the fierce competition in Major League baseball games.
（He + train＝主詞＋動詞）

Watching his games even at midnight, lots of young people in Taiwan admire him as a national hero.

（Ving..., S + V）（可變換主詞，讓句子比較有變化，避免都以 Wang 當主詞而顯得單調）

(d) 修改內容：檢查所有句子是否跟主題相關，文法時態拼字是否有錯。例如：談論 Wang 的事情都是用現在式，上述句子皆說明 Wang 為何最能代表台灣。

② 段落的說明與寫作

　　英文寫作中，一個段落（paragraph）是由一連串的句子組成，圍繞在一個主題上，通常一段會有四到八句左右，可以分成三個部分：主題句、支持句、結論句。

　　其段落圖形如下：

Topic Sentence with Main Ideas（涵蓋主要理念的主題句）

↓

Supporting Sentences（支持句）

↓

Concluding Sentence（結論句）

如前面的例子，將 Wang's baseball 與 pearl milk tea 並列，即可先寫出主題句（Topic sentence）：

The two things that best represent Taiwan are a baseball with Wang Chien-ming's autograph on it and pearl milk tea.

支持句（Supporting sentence）、即第二句的接續則可使用前面一句的字詞來作第二句的主詞（the baseball）：

The baseball reminds us of those heroic moments in the baseball history of Taiwan.

然後再將一些講述細節的句子接在後面，一句句累積成段落，找出主詞及動詞，並可使用前面提過的轉折（transitions）來連結句子，就成為一個完整的段落。

句子轉折及段落的連續性說明如下：

The two things that best represent Taiwan are a baseball with Wang Chien-ming's autograph on it and pearl milk tea. Wang's baseball（使用上一句中的字詞 baseball 當此句主詞）reminds us of those heroic moments in the baseball history of Taiwan. He（說明 Wang，避免重複，故用代名詞 he）wins praise for Taiwan through his pitching skills. He also trains hard to face the fierce competition in Major League baseball games.（主詞為代名詞 he，此外並運用了兩句對稱句法：He wins, He trains）Watching his games（使用上

一句的 games 來連結此句）even at midnight, lots of young people in Taiwan admire him as a national hero.

英文的段落必須注意兩件事：**統一性（unity）**與**連貫性（coherence）**；也就是說段落中的每一句話都必須緊扣主要的觀念句子（主題句），且句子的連接必須有邏輯的次序。比較簡單的做法是先將相關的關鍵字或是字詞列出來，然後利用之前學過的語法結構造句，將這些句子連接在一起。可以利用以下的方法，將這些句子連在一起：

一、general-to-specific order（從大方向談到小細節）

整體概念（大方向）：Pearl milk tea brings out the features of Taiwan in its creativity.（珍珠奶茶帶出具台灣特色的創意）

細節：Combining Western black tea with Taiwanese local sweets, this special tea embraces a bold idea of mixing the West and the East. 指出珍珠奶茶的成分為西方紅茶及台灣甜點，造成東西方文化的融合；此處使用了十大句法 2：Ving..., S + V。

二、specific-to-general order（先談細節再談大方向）

三、spatial order（利用空間的次序：在描述性的段落中最常用）

四、chronological order（利用時間的次序：在敘述故事中最常用）

大考最常出現兩種段落：描述性的段落與敘述性的段落，分列說明如下：

描述性的段落：描述性的段落通常描寫人、空間或是物體，也是先有一個主題句，然後再用四到七句的細節說明此主題印象，這裡使用最多的段落連結方式就是空間的次序（spatial order），或是上述的先談大方向再談細節（general-to-special order），最後加上結論。

Whenever I go to the city park, I always have a feeling that this city never sleeps. In the morning, I can hear birds chirping, kids yelling, and people singing.

→第一句話表示此段描寫的主觀印象，第二句利用聽覺來描述及說明前面的印象；使用十大句法 8 和 5：Adv 句子, S + V; Phrase, S + V,... Ving。

描述重感官，所以要特別使用聽覺、感覺、味覺或視覺等五感來強化描寫的印象。

My father's face turned red and twisted angrily when he saw my test score.（視覺）

敘述性的段落：敘述性的段落通常用於講述故事，有時會先點出一句主題句，然後再依時間次序來講故事，但有時候故事一開始會有點懸疑，直到最後一句才點出整段故事的重點或是作者的感想。說故事可以用我（I）或他／她（he or she）來說故事；也可依照時間的次序來說故事，大部分的故事性敘述都用過去式（past tense）。此外，故事內容應

該說明細節，須說出故事中發生的要點：where, when, who, what, why, how 等。

When I woke up at six this morning, I washed my face and brushed my teeth. I prepared myself for campus. Then I read the newspaper headline. The H1N1 virus hit my campus! My school was shut down. Was this a good day for me to take a break or a beginning of another disaster for the school?

→時態皆採過去式，依照時間次序說明今早發生的事情，最後一句說出自己的感想。

※部分資料由政大附中溫宥基老師提供

筆記欄
NOTES

大考之兩段式寫作

　　一篇正式的英文作文至少要有三個段落，但學測或指考的英文寫作測驗通常只要求同學寫出兩個段落。主要當然是字數的限制（120 字的規定很難寫作三段式的結構），還有題型的限制（以高中的生活經驗為本，提出對這些生活經驗的回應或是反省），當然還有評分的限制等因素，形成大考考試的兩段式結構。學測或指考的英文寫作測驗會分別指定兩個段落所要涵蓋的內容；而兩個段落所運用的寫作文體也不大相同，一般集中在**描述**、**敘述**與**說明**等三種文體上，以大考英文作文考題為例：

EX 97 年學科能力測驗——寫一封道歉信
第一段說明物品遺失的經過，第二段則表達歉意並提出可能的解決方案。
→ 記敘（Narrative）＋說明（Expository）

EX 94 年指定科目考試——召開畢業後的第一次同學會
第一段詳細介紹同學會的時間、地點及活動內容，第二段則說明採取這種方式的理由。
→ 描寫（Descriptive）＋說明（Expository）

EX 92 年指定科目考試——兩段式主題句寫作

第一段：Exams of all kinds have become a necessary part of my high school life.

第二段：The most unforgettable exam I have ever taken is...

→ 說明（Expository）＋描寫（Descriptive）

EX 91 年學科能力測驗—— "The Most Precious Thing in My Room"

描述你的房間內一件最珍愛的物品，同時並說明珍愛的理由。

→ 描寫（Descriptive）＋敘述或是說明（Narrative or expository）

　　書寫這方面的故事或是啟發，通常以經驗開始，所以第一段的經驗大都是 narrative paragraph（敘述性的段落），而這些段落最好有以下五個特點，敘述才會精彩，分數才會提高：

一、明確的時間、地點、人物

On sunday morning, Tommy and I went to Tai Mall. We planned to see the movie
時間　　　　　　　　人物　　　　　　　　　　地點

Transformers 2.

二、曲折的情節

　　劇情有趣才能引起讀者的興趣，有時可製造一些高潮，讓文章更具可讀性，並試著減

少陳腔濫調的情節。

> **EX** A clown, wearing a funny costume, was near the gate. （提到一些有趣的細節）

三、精確動詞

活用高中學過的動詞，精確的動作必須使用精確的動詞，少用沒有具體動作的動詞，如 do, take, let 等。

例如：Then he leaped forward, giving us a big hug.

四、故事敘述大抵使用過去式

五、故事性的敘述段落仍然可以有主題句

這個主題句可以引導整段經驗，也可以引起讀者的興趣。

> **EX** It never occurred to me that a trivial joke could ruin my five-year friendship with my best friend, Tommy.

→這句話指出作者對這件事情的驚訝，也指出整段故事的方向（談論作者跟朋友發生的事情）及發生的後果（ruin my five-year friendship），人物也很明確（我的好朋友 Tommy）

> **EX** Such a wonderful week should not end this way!（故事的主題句，引起讀者興趣）

接著，請閱讀 95 年大學指考的英文作文考題提示，思考作文要如何開頭：

EX 人的生活中，難免有遭人誤解因而感到委屈的時候。

請以此為主題，寫一篇至少 120 字的英文作文：第一段描述個人被誤解的經驗，第二段談這段經驗對個人的影響與啟示。

請按照截至目前已學過的寫作方法，小試身手一番，如下所示：

第一段：敘述結構（以主題開始）

EX It never occurred to me that a trivial joke could ruin my five-years' friendship with my best friend, Tommy.（主題句）

第二段：說明（exposition）
從例子或事實（examples or facts）到結論（conclusion），第二段的寫作引用個人的看法，可以寫出下列句子作為引言：

EX The joke has become a nightmare to me.

※部分資料由政大附中溫宥基老師提供

大考之看圖寫作

　　看圖說故事，是一種很好的寫作練習，可以考驗學生的理解能力，運用所知的字彙及英文句法來表達圖中的意思，然後利用自己的組織能力，將故事串起來。

　　這方面的寫作，其實也會用到之前提過的寫作觀念，寫作從造句構思開始，再次強調，寫作時必須簡化文法觀念，只要心中有句法觀念，並納入以下三點文法觀念即可。

一、**主詞（人、物、抽象名詞）**：句子要有變化，不要只使用人當主詞，可以考慮用物或抽象名詞。

　　EX　Getting ready any time is a key to success.
　　　　→主詞為抽象名詞：Getting ready any time（隨時做好準備）

二、**單一動詞的觀念（動詞用法）**：英文一句話只有一個動詞，如果出現兩個動作，另一個動作可用 Ving, Ved 或 to V 來表示。

　　EX　Mary walked into the room, smiling to everyone she passed by.
　　　　　第一個動詞　　　　　第二個動詞以 Ving 表示

三、**時態（現在、過去、完成、進行）**：除了文法，還必須活用英文句法，並使用生動的動詞及表達方式。

EX We have been melted under the sun.

→melt 表示「已經融化了」，也就是天氣熱死了，「熱到像要融化了」，是相當生動的表達方式

EX The moon is struggling behind the clouds.

→使用 struggle 來比喻月亮的動作，也就是月亮在厚厚的雲層後，使勁想要探出頭來

EX The moon disappears behind the struggling clouds.

→因為 struggling clouds（狂亂的雲），所以月亮 disappear（消失）了

三段式的寫法

看到四格漫畫時，須先瞭解其結構，通常四格漫畫有三段結構，從第一段故事的發生，開始進入故事的延伸，最後一格則通常有意想不到的轉折與結尾（surprise ending），以之前大考的題目為例：

第一段場景及敘述的開始：說明時間、地點及發生的事情

Last week, my younger sister Nancy had a pleasant "encounter" with a lovely cat in the park. A kitten with smiling eyes seemed to say hello to her. She squatted herself, playing the ball with that little cat. She took her home and asked for Mom's permission to keep her.

→首段一開始很明確地標示出時間、地點與人物，然後利用 encounter（相遇、邂逅）這個字來表示誇大的遭遇；第二句以 cat 當主詞，但是為免重覆而換成近義字 kitten，並將句型做了一些變化（A white kitten with smiling eyes seemed to...）；第三句用 she 當主詞，使用了十大句法 3：S + V, Ving。

第二段敘述（climate or interesting scenes 氣氛或有趣的場景）：說明故事的進展

Nancy became a cat girl, with all the cats in the neighborhood following her. To show her tenderness and love to these little fluffy creatures, she took all of them home.

→這段同時描寫 Nancy 的愛心，並運用了兩種不同的句型，增加變化。第一句型：S + V, with + N + Ving；第二句型：To + V, S + V

第三段（conclusion 結尾）：此漫畫的結局超乎想像，原本是一起愛心事件，卻由於小女孩的疏忽，造成了家裡的混亂

What a lovely "mess" these little monsters created! They scratched and scratched, tearing apart all the soft stuffs they could touch. Nancy's act of love turned into a nightmare to her family.

綜合以上所示，可知三段式寫法須把握**寫作最高原則：精確（名字、地點、物件）**，另外還可歸納出下列要點：

每段皆有主題：本文分為三個段落，第一段落描述背景資料（上周 Nancy 在公園遇見一隻貓，把牠帶回家）；第二段架構說明故事的進展（她很有愛心，所有的貓都跟她回家）；第三段陳述結局以及主角的感受（這些貓破壞家具，讓她的愛心變成夢魘）。

句型要有變化：第一段用了 S + V 和 S + V + Ving，第二段則運用了 S + V, with + N + Ving 和 To + V, S + V

陳述細節：看圖說話最需要細節陳述，才能將圖片內容具體呈現。例如第四張圖講述小貓破壞家具，運用了許多生動的動詞來表示貓的動作，如scratch（抓），也以 tear apart（撕破、扯破）描述物品遭破壞的細節。

段落及句子之間的承接與一致性：本文是根據四張圖而寫出的文字，重點在於清楚演繹出各個畫面之間的因果關係，以連接劇情。依照指示，圖片次序可以調整，只要找出其間關係，製造高潮即可。

※部分資料由政大附中溫宥基老師提供

閱讀

　　閱讀一篇英文文章，最重要的是要理解其中的語意，最困難的則是遇到不懂的單字與複雜的句型。有時即使每個單字都懂，也有可能因為看不懂句型，所以仍然不知道意思，這是因為英文邏輯思考和書寫習慣與中文稍有不同。

　　理解語意，一般來說，不論是口語或閱讀，都需要牽涉到三種知識：

一、單字的知識

二、語言的規則

三、上下文的關係（英文句型與結構）

別讓不熟的單字阻礙你的閱讀之路

　　很多人認為單字是閱讀的障礙，因此閱讀時都會先把不懂的單字找出來，但是有時候遇到不認識的單字，如果它不是關鍵字，就可以直接將其忽略（或刪除），這樣反而更有助於理解語意，所以不要一看到陌生的單字就舉白旗投降，記得要去理解句型的文法結構，如此就能掌握全句語意。

請依照之前提過的閱讀方法，先將下段句子拆解成小單元，然後將一些不熟悉、卻不影響語意的單字刪除：

There are two kinds of heroes: / heroes / who shine in the face of great danger, / who ~~perform~~ an ~~amazing~~ act / in a difficult situation, / and heroes / who live an ordinary like us, / who do their work / ~~unnoticed~~ by many of us, / but / who make a difference / in the lives of others.

Heroes are selfless people / who ~~perform extraordinary~~ acts. / The mark of heroes is not necessarily / the result of their action, / but what they are willing to do / for others / and for their chosen ~~cause~~. / Even if they fail, / their ~~determination~~ lives on / for others / to follow. / The glory lies / not in the ~~achievement~~ / but in the ~~sacrifice~~.

英雄有二種 /（一種）英雄 / 在面對極大危險時發光發亮 / ~~表現出驚人的~~行為 / 在困境中 / 而（另一種）英雄 / 像我們一樣過著平凡的生活 / 做他們的工作 / ~~不受我們之中許多人注意~~ / 但是 / 造成影響 / 在其他人的生活中

英雄是無私的人們 / 他們~~做子傑出的~~行為 / 英雄的表徵未必是 / 他們行動的結果 / 而是他們樂意做的事 / 為了他人 / 和他們選擇的~~目標~~ / 即使失敗了 / 他們的~~決心~~繼續存在 / 為了讓其他人 / 去遵循 / 這種榮譽在於 / 不是在於成就 / 而是在於犧牲　　　　★★★　98 年大學學測

→首先，請利用主詞與動詞的結構以及主要結構與從屬結構的關係（請參考「主要結構與次要結構」），將句子拆解成小單元，並將較難的單字予以忽略。兩段話談了兩種英雄，一種是面對危險

（in the face of great danger）時，能夠發光發亮（shine），在困難環境中（in a difficult situation）做出事來（act）；而另一種英雄像我們一樣過著普通人的生活，做事不為人知，卻在別人的生命中產生影響（make a difference）。

運用想像力與理解力：

透過拆句及刪除部分不懂的單字，整句話的語意就大致浮現出來了，而且偶爾要運用想像力來幫助理解，尤其英文常用一些抽象的事物來比喻，或是用不同的講法來談論另一件事情，這也是英文理解較困難的一環。比如說第一段中的 shine，原指「發光發亮、陽光普照、照亮」的意思，在此處更將 shine 的意思做了延伸或轉換，比喻英雄面對危險時會「散發出個人風采，令人眼睛一亮」，用法非常傳神且活潑，也證明閱讀文章時，需要用想像力、理解力去體會，而不要僅止於推敲字面的意思。

拆解句子結構：

接著再談句型的問題，當句子太複雜或太長時，要利用文法上的規則或句型規則去拆解句子，例如 two kinds of heroes 意為「兩種英雄」，因此後面所接的從屬結構就有兩種英雄類型來修飾，之間以 and 連結，形成了 heroes who perform..., and heroes who live...。

總而言之，不論是何種句子，只要把主要結構找出來，將句子切分成小單元，也就是用「/」去拆解句子，透過將長句變短句的過程，來幫助理解句意。

上下文的關係是掌握語意的重要關鍵

閱讀行為中,除了瞭解單字與語言規則之外,透過上下文語意的連貫,去瞭解下一句的語意,也很重要!換言之,上下文的關係也是掌握語意的重要關鍵。

上例第二段一開始延續上段語意,英雄是無私的(heroes are selfless people),無私的人會做出不尋常的行為(perform extraordinary acts),而且透過上下文應可隱約猜出其中單字的含意(如 perform、acts 等)。同段第二句同樣延續英雄的定義,The mark of heroes(英雄的標誌),未必是行為的結果(is not necessarily the result),而是……(but...)。整句話以「not...but...」(不是這……而是那個……)的句型來呈現。

接下去那句話,即使他們失敗了(even if they fail),their determination lives on...(他們的決心與毅力繼續活下去……),此處的動詞 live 用得非常生動,暗示他們(英雄)可能死了,可是他們的精神會活下去!從上下文來判斷,下一句應該與他們的成就有關(延續上面英雄的精神而來):The glory lies not in the achievement but in the sacrifice.(他們的榮耀不在成就,而在犧牲奉獻)。

總括來說,閱讀過程中,單字原來的語意會因為上下文的關係而有所轉換,進而讓文章更加生動、傳神,如上文提到的 shine 以及 live 的用法。

了解英文文章的寫作風格

　　有時影響閱讀的關鍵不是單字，也非文法，會造成許多人閱讀困難的原因其實是英文寫作的方式！

　　英文寫作風格與中文差異頗大，進而影響語意或是閱讀，如下文所示：

The symptoms are unnerving: / a taste for fresh meat / —rare, / if you please / ; an aversion to sunlight ; / and a passion for spectral-looking, fine-boned rakes. All are indications / that the sufferer has been bitten by the vampire bug.

這個狀況令人心驚 / 愛吃新鮮的肉 / 要帶血 / 如果你想的話 / 畏懼陽光 / 而酷愛長得像妖怪、骨架纖細的花花公子 / 所有症狀都顯示 / 受害人已遭吸血鬼噬咬

★★★　2009/7/14《紐時周報》〈Trend With Teeth Hits Film and Fashion〉

→此篇文章的開端劈頭就給了一連串的名詞（如 a taste、an aversion、a passion 等），顯示出一個中、英文寫作風格大不同之處，也就是不會一開始就開宗明義說出想要表達的重點，而是先描繪出細節（如上段中的症狀），再用分號「;」隔開了幾項吸血鬼的特性，直到最後一句才導出重點：受害者本身已經被吸血鬼噬咬了。

這種以細節或特殊意象來開始撰寫一篇文章的手法，常常會讓不熟悉英文寫作形式的非英語母語人士摸不著頭緒。遇到這類狀況就已經不是單字或文法的問題，須探究的是語意表達與寫作風格，而上述的這種寫作風格（細節或是意像描寫）常常出現在英文報章雜誌中。

Look Further

閱讀方法：將句子拆解成小單元，刪除不認識且非關鍵的單字，並加上一點想像力，從而了解全句語意

- The style world, / too,/ has come under the vampire's spell, / **in the shape of** the ~~gorgeous leather-and-lace-clad~~ **night crawlers** / who have **crept** / into the pages of fashion **glossies**.

  時尚界 / 也 / 籠罩在吸血鬼的咒語之下 / 以夜行者的形體 / 已匍匐爬行 / 進入了印刷精美的時尚雜誌頁面

  2009/7/14《紐時周報》〈Trend With Teeth Hits Film and Fashion〉

→ 將vampire's spell 比喻成 night crawlers（原指「常在晚上爬出來的大蚯蚓」，在此引申表示「夜行者」），並用了creep（過去式：crept）這個生動的動詞和 glossy（原指：光滑、光澤，引申為「印刷精美的雜誌」）形容之，讓整段文字相當有畫面。

寫作

任何英文寫作會面臨到的困境與之前大考情況雷同，可歸納為以下四種：

- 辭彙不夠、句型單調
- 句子與段落轉折不順，思考跳躍
- 內容貧乏沒有深度
- 中英文思考混亂

但是與大考不同的是，一般職場或是生活上的英文，對於文章結構的要求沒有那麼嚴格，也就是語意的表達比較重要，而語意表達的重點在於「主詞」與「動詞」。想要加強英文寫作能力，從句法開始就對了！建立句型的概念即為寫好英文作文的首要之務。誠如本書一再強調的，任何英文句子一定有「主詞＋動詞」，而整句的結構為何，則由**動詞**來決定，因此動詞可說是英文句子的靈魂。

名詞與動詞

寫作最大的問題是不會用單字，或者單字不足，再加上沒有句法觀念，就很難寫出好文章。因此要先建立起英文的句法觀念（請參考「十大句法」），有了準確的句法觀念，再運用所知且適切的單字去寫出主詞與動詞，因此認識名詞與動詞的正確使用方法極其重要。

英文的主詞有三種：人、物及抽象的名詞或概念，最常用的大概就是以人為主的主詞了，如 I, you, he, she, we, they 等，大多用於書寫 email，而使用最為頻繁的就是 I 跟 you，請見下例：

I am sorry for not answering your email about the coming get-together dinner.

此句以 I am sorry for 為主要結構，for 的後面銜接欲道歉的事情，由於是為了「一個動作（未回信）」而致歉，因此須用 for + Ving 來表示， 因為英文一句話只能有一個動詞，如果有第二個動作概念，第二個動作就要使用 Ving, Ved 或 to-V 來表示，如以下句型所示：

- 主詞＋動詞..., Ving
- To V ..., 主詞＋動詞
- Ved, ..., 主詞＋動飼

除了以你、我、他當主詞外，主詞也常常是一個特定的人物，如 My English teacher、President Ma 等，使用這些名詞時必須非常精確，句子才會有更鮮明的印象，如以下的例子：

animal → pet → dog → Doberman → My Doberman, Hulk → My 100-pound black and tan Doberman , Hulk

　　名詞越精確，意義越明顯，從廣義的動物（animal）到明確指出長相、體型的一百磅的 Doberman（杜賓狗），後者寫出來的句子肯定較為生動活潑。

　　除了人、物之外，抽象概念也可以當主詞，非母語人士常會忽略主詞的變化，其實只要主詞產生變化後，動詞也會跟著生動起來，如下列例子：

Greatness calls for almost unbearable sacrifice.（greatness 當主詞）

★　Virgil 古羅馬詩人維吉爾

Our struggle has reached a decisive moment.（our struggle 當主詞）

★　摘自南非黑人領袖曼德拉 1990 年獲釋出獄後演講

　　動詞也要精確，好的作者會有效地運用主詞、動詞。動詞是整個句子的靈魂，英文寫作不要用比較弱的動詞（弱動詞就是不精確的動詞，如 do, take, make, let, have 等），要用有意義的動詞。

弱動詞：People ~~make~~ one another laugh with funny stories.

精確動詞：People **amuse** each other with jokes and tricks.

弱動詞：His shiny smiles ~~make~~ me feel relaxed.

精確動詞：His shiny smiles **relax** me.

此外，選擇不同的精確動詞，就會產生不同的意義，像是欲表達「他～過房間」時，用不同的動詞就會讓讀的人浮現不同的畫面：

He **walked** across the room.（走）

He **strode** across the room.（大步走）

He **slouched** across the room.（無精打采地走）

He **trotted** across the room.（快步走）

He **sneaked** across the room.（偷偷摸摸地走）

如何尋找生動的動詞？建議準備一本同義字字典（如《*Roget's Thesaurus*》），只要知道一個較模糊的字眼（動詞或是名詞），就可以透過此字典找到更多精確的名詞與動詞，如以 dog 找到 Doberman，以 walk 找到動詞：stride, slouch, trot, sneak 等。

● 轉折與時態

熟悉句子的連接與轉折之後，思考就不會再跳躍，接著以句型的觀念引導，練習以英文思考的寫作習慣，並記得轉譯你的觀念，轉譯過後再整理成文字，運用正確的字詞與文法，再檢查是否有錯誤。此外，使用合適的時態：現在、過去、未來及完成等，也必須適當變換動詞的時態（如發生在過去，動詞要加 ed 等）。

 **句型變化**

英文大部分的句子都是主詞＋動詞的形式，但是，文章中充斥一連串這樣的句型會顯得單調乏味，適當地增加一些修飾語或是附屬結構，會讓句子比較有變化。再者，若是一篇文章讀下來，淨是短句或簡單句，可能會像孩童說話一樣令人不解或幼稚，因此將一些比較次要的概念放在從屬結構中，會讓文句看起來比較成熟，更有深度與廣度。

EX　Eric was in love. He was in love with Alice. He walked with her through the night. He was holding Alice's hand.

（很多單句，讀起來很幼稚，語意沒有連貫）

EX　In love with Alice, Eric was holding her hand when he walked her through the night.

第二句以 in love with Alice 為修飾語，說明 Eric 的狀況，接下去將晚上散步與牽手等動作用 when 的句型連在一起，句子比較連貫，充滿連續性。

從培養句型的觀念開始，學會選擇生動精確的主詞與動詞，注意轉折與時態到變化句型，就可完成基礎的寫作訓練，開始邁向寫作之路了！

Study Tips

　　當然，要寫出一篇好文章必須注意段落的結構與觀念的表達，文章結構完整、用詞生動，才是一篇好文章。但是一般職場或生活上的溝通寫作，其實只要把自己的意思清楚表達出來即可，建議利用本章所介紹的寫作方法，從寫日記開始，簡單記錄自己一天的行程與所見所聞，慢慢熟悉句法，掌握動詞與名詞。

聽力

　　英文的聽說讀寫中，聽力對非母語人士來說相當困難，主要是因為「聽」的時候，需要直接將聲音轉成語意，立即瞭解傳達的訊息。很多人常常在聽完一句話後，會卡在某些單字上，一時無法在腦子裡轉換成自己瞭解的語意，因而整句話、甚至整段話都無法掌握。

　　聽力訓練中，有三件事非常重要：

一、單字的語意

二、語法結構中的語意重點

三、語調

　　單字的語意就是如何將聽到的聲音跟腦子裡的英文單字比對，然後掌握語意；語法結構中的語意重點，指的是一句話中，哪些是影響語意的關鍵字，哪些是不重要的單字，可以予以忽略；語調指的是一句話會有輕重之別，抑揚頓挫的聲調有時會影響語意，也會影響聽話者對重點字的掌握，當然個人口音也是問題之一。

　　瞭解單字、掌握結構重點、熟悉語調等是練習聽力最重要的三大面向。首先，聽的時候必須抓住關鍵字（key words）。有時聽到某個單字，常會覺得似曾相識，但一時會意不過來，就很難將聽到的字詞直接轉換成語意。因此，要聽得懂語意，得先找出關鍵字。

聽力訓練除了多聽外，也可以透過句型結構去聽得更清楚，本章將告訴大家如何透過句型結構來進行聽力訓練。

基本的聽力訓練要如何進行？首先，聽英文句子時，跟閱讀一樣，要先知道主詞與動詞。主詞一般來說都是名詞（可能是人名、物或是 I, we, he, she, you, they 等人稱），動詞大多跟在主詞後面，表示「動作」。最重要的是先抓住主要語意的 strong words（強字：有內容、含意的字詞，一般都是名詞與動詞），其餘則是 weak words（弱字），例如語助詞或是介詞（如 in , on , at 等），如下例所示：

In February, US President Barack Obama approved a bold plan to improve the US economy.

→主詞是 US President Barack Obama，動詞是 approved，整句話的主要含義：美國總統批准了一個計畫，以改善經濟。in, a, bold, to 等是 weak words（弱字），而 US President（美國總統，主詞），approved（批准，動詞), plan（計畫）, improve（改善）, US Economy（美國經濟）等字都是掌握主要語意的 strong words（強字）。

聽新聞報導時，有意義的字會唸得比較清晰，而 weak words 大多會輕讀處理，形成輕重不同的語調，所以訓練聽力的第一步就是：透過語法結構掌握語意的重點，並瞭解語調變化。

　　第二步是對於英文單字的熟悉度,以及如何將聲音轉換成語意。很多人聽到英文,第一時間是先想到其中文意思,這種方式是錯誤的。訓練自己平時記單字時,就要透過聲音來掌握單字,先不要急著去拼出字母,想要記住一個單字,一定要大聲唸出來,也就是聲音要與語意結合。如上例中的單字 approved,要掌握這個單字,有兩個步驟,第一是唸出這個字(將 approved 大聲唸五遍),藉由聲音將這個單字存在腦子裡,接著利用這個單字造一個句子,例如:My father doesn't quite approve my idea of getting married now.,必要時可以錄下來,有空就放給自己聽,此訓練就是將聲音轉換成語意,只要確實做到,假以時日之後,聽到一個單字就不會老是覺得似曾相識,抓破頭卻又想不起來。

　　第三步就是要去瞭解口語英文或新聞報導中常見的英文表達方式與句型結構。請見下例:

The world has been watching US President Barack Obama closely since he took office in January this year to see whether he makes good on his promises about the economy, foreign policy and health care. But closer to home, he has also been under pressure from his two daughters to keep one particular pledge: to give them a new dog as a reward for coping with his election campaign.

(本段摘自 BBC 英語教學頻道「The Presidential Pooch」,網址:http://www.bbc.co.uk/china/learningenglish/takeawayenglish/tae/2009/04/090415_tae_208_presidential_pooch.shtml

→此報導一開始講到世界正在看著歐巴馬，看他是否會遵守諾言（makes good on his promises），主詞是 The world，動詞是 watching，瞭解語意仍是以名詞（主詞）與動詞為主，但整篇報導其實不是在報導經濟政治，而是報導歐巴馬家的狗，新聞先以嚴肅的口氣開始，接著第二段就帶入一些風趣的口吻，指歐巴馬的女兒也在看著他是否會遵守諾言（keep one particular pledge）給她們一隻新小狗。

　　西方的報導，通常不會直接寫出重點，英文的表達與中文不同，要熟悉這種反諷的報導風格，才能真正瞭解整篇文章的方向與重點。此外，英文有些特殊表達與中文不同，例如方向，中文慣採東方、西方定位，先講東西再講南北，如東南、西北等；英文主要是用南北來定位，先南北再東西，所以英文是 north-west 或是 south-east，對於方向，應該以實際經驗來體會南北方向（South-North）的方式，以英文來思考，不要翻譯成中文。

　　特殊的英文表達要多作練習，否則聽力永遠無法進步，尤其數字練習在聽力中最難，因此要習慣用英文去思考，不斷練習數字說法，並說出聲音，對聽力的精進將會更有幫助，例如四百五十八萬的說法，中文是以千、萬定位，英文則是用千、百萬來定位：

four **million** five hundred and eighty **thousand**

4 , 580 , 000
↓
million thousand

　　訓練聽力的方法其實很簡單，只要把平時聽到的英文，如新聞或英語雜誌，反覆練習並持之以恆，這些都有英文稿外加英文錄音，大家可以試著將關鍵字用立可白塗掉或留白，接著聽英文錄音，再把正確的英文字填入空格中，有時須藉由文法觀念的輔助，因為若是過去式，動詞 take 就要改成 took。文法觀念可以協助理解，接著一再播放錄音，隨之複誦，聲音要透過耳朵進入腦子裡面才能有印象。把聲音轉成語意的方法，就是先從簡單的句子開始，「挖」出動詞、名詞，然後複誦一遍，此法不只用於訓練聽力，口語的訓練也同樣由此開始。比方說，上例的第二段「挖空」後如下：

But closer to home, he has also been _____ _____ from his two daughters to _____ one particular _____ : to give them a new _____ as a _____ for _____ _____ his _____ _____.

　　聽力訓練最重要的一點是「複誦」，聽外國人說話時，可以在心中複誦一遍，因為語言就是模仿學習（去偷別人的話），習慣後，訓練聽力也可成為開口講英文的基礎。

　　最後再將訓練聽力的方法重申一次。首先，所有的單字都要透過聲音去瞭解、使用這個單字，而且要熟悉某些特定場景的相關單字，如開會時通常會慣用一些固定單字，如 suggest（建議）, recommend（建議）, propose（提議、提出）, agree（同意）等，而新聞英語也常常都會用固定的動詞。

　　聽力訓練的進階，是聽實境的英文，可以上網下載 CNN、BBC 或是電影精彩片段的文稿，用立可白塗掉 strong words，然後開始練習填字及複誦。

Look Further

現在請上 BBC 英語教學頻道

http://www.bbc.co.uk/china/learningenglish/takeawayenglish/tae/2009/07/
090729_tae_223_professional_witch.shtml

下載文稿並挖空單字（如下所示），接著聆聽聲音檔，練習將正確的單字填入空格中：

Do you ever _____ a _____ _____?

Well if you can _____ spells, _____ on a broomstick and have a good cackle, then
you might be interested in _____ a professional _____.

And if you become the _____ of Wookey Hole you could even _____ a good
_____.

可以試著分析這段的句法結構，先找出主詞與動詞，接著聆聽聲音檔，把空白的字填回
去，再將全句複誦一遍。

不論如何，請大家切記，想要精進聽力，一定要反覆練習才能見效，只要確實做到以上提
到的方法，保證不出幾個月，你一定能聽力大躍進。

口語訓練

尋找一個好夥伴

口語訓練最重要的就是要開口，如何開口講英文？可以先從日常生活的英文開始，找一個朋友跟你練習，增加對話的機會。不過，要找一位跟自己程度相當的朋友，每天陪著練習說英語，還滿困難的。我從以前就找到了一位英文程度跟我一模一樣的朋友：自己。口說英文，最好的伙伴就是自己，開始「自言自語」練習口語吧！

如何開口

任何英文的句子，都是由主詞與動詞構成，動詞決定這句話如何形成，也就是動詞決定如何造句。剛練習時，可以從平時的生活習慣開始，每天練習，對自己說話，一定要發出聲音。從日常生活著手，比較容易且貼近生活。例如：

I take Bus Red 30. It takes about an hour from my home to the office.

I like mountain climbing more than playing basketball.

口說英文的第一步就是描述自己一天的生活：

主詞＋動詞（我 I＋動詞）

此處的動詞大都是生活性的動詞（如 wake up, brush the teeth, use the restroom, put on the clothes, walk to the MRT station, ride an escalator, place ... on ... 等）一大早起床後，就可以說

I wake up at six o'clock this morning ; then I get off my bed and go to the restroom. I pick up the toothbrush and begin to brush my teeth. I walk back to my room and put on my pants.

每天重覆同樣的動作，也練習同樣的話，記得一定要發出聲音（可以小聲些，免得吵到別人或是讓別人以為你腦筋有問題），遇到不懂的單字可以查字典或上網 Google，如使用悠遊卡如何說，可以上網找捷運的英文網站（如：place the EasyCard over the sensor of the EasyCard logo at the gate）。

記得一定要自己說一遍，唯有說出聲，這句話才會變成自己的，閱讀不出聲，對口語沒有幫助！

持續練習

訓練自己看到人或物就心想一個英文句子，例如一位美女經過我面前、看到一位帥哥帶著一位辣妹、一個小女孩背著書包上學去、婦人要去買菜、少年到公園玩滑板、老人家帶著狗去公園散步等，開始勾畫英文的句法：A young lady passes by. She is pretty, with beautiful long hairs. 句子可以一直聯想下去。開車時可以想著遇到紅綠燈要怎麼說、開會時應該要如何報告業績等。如：I drive my Camry and stop at a 紅綠燈（？），碰到這種單字不會的情況，要記錄下來，而且當天就要查出來（如問朋友、上網、查字典等），第二天碰到同樣的狀況就會用了。

名詞與動詞的使用

如果碰到不會用的名詞（主詞或是受詞），應該怎麼辦呢？如去修車，想告訴修車的技工（mechanic），我的水箱（radiator）漏水（leaking）；碰到這些日常生活的用語，如果不會說，當然可以先記下來，有時間就上網搜尋，或是找個字典查查日常或專業的用品（名詞）。這裡介紹一種圖解字典《English Duden》（網路上有免費的），可以協助你找到任何物品的名詞說法（如各項汽車零件、廚房用品、辦公室用品等）。

如果碰到不會說的動詞或是不會表達的內容，又該如何呢？首先依照日常生活的情節，先找出常用的 50 個動詞，將這些動詞隨身攜帶，隨時查詢。除了國中學過的通用動

詞如 do, take, make, have, go, run, walk, put, sit, watch, am, are, is, look, let, give, bring, tell 之外，多用一些有意義的動詞（如下所示），日常生活口語保証用得到！

- accept, adjust, admire, afford, appear
- brush, call, change, check, choose
- climb, communicate, confirm, continue, decide
- deliver, develop, drink, dress, expect
- express, identify, increase, influence, involve
- manage, mention, mistake, oppose, pass
- pick, place, protect, prove, provide
- realize, receive, recognize, realize, reject
- remind, represent, ride, suppose, support
- suggest, warn, wake, wish, wear

類似的動詞或是更多的動詞可以使用同義字典，以上列動詞為基礎，進而衍生出更多實用動詞。想要熟悉動詞的用法，可以事先造一、二句話來幫助記憶與活用。

此外，每學一個新單字（尤其是動詞），一定要盡可能地用在每日的「自言自語」甚至「自問自答」練習裡，這樣單字就不會忘記！以常用的情節來想像，如食衣住行育樂：

Q: How do you get to school？

A: I live near school, so I just walk.

居住的環境狀況：

Q: How is your neightborhood?

A: It's nice and quiet.

穿什麼衣服？

Q: What style of clothes do you like to wear?

A: I like casual clothes.They are more comfortable than dressy ones.

　　三餐吃什麼、社交娛樂等都可以用英語想像，再用口語說出來，先練習現在式，過一個月後，再練習過去式，描述昨天發生的事情，以不同的場景來敘述。

其他練習

　　接著還可以學習說英文笑話，試著將自己覺得很好笑的事情，用英文說一遍，對拓展社交生活滿有幫助的。此外，對於中國食物的英文名稱一定要熟，與老外應酬，最好的話題是將食物主題融入文化之間來討論。

　　數字或方向的英文表達方式難度頗高，自己的電話號碼，最好平常就練得很熟，可以脫口而出不用思考（請見「應用篇：聽力」）。此外，非母語人士在口語使用時，最容易混淆的是時態及人稱代名詞。在時態上，過去式比較常用，因此要注意動詞變化（尤其是 was 與 were 或是不規則變化的動詞，其他加 ed 的動詞，在口語中，比較會含糊帶過，所以講話時，可以點出時間，如 yesterday 或 last week）。人稱的性別，如 he、she 兩個代名詞常常在講話時不小心混用（很多人不管男女，都用 he），有時會讓外國人搞不清楚。最好的練習方式就是練習用 she，平常多練習 she，對自己所用的人稱代名詞就會有所警覺！

　　總之，英語口語練習不講究複雜的句法，一般多用主詞＋動詞的結構，不會使用分詞構句，也不太使用假設法，就連形容詞子句都可以拆成另一句來說，因此簡單句是最好也最實用的口語句型。

※註：本篇的「自言自語」、「自問自答」英文例句，皆取材自聯經出版
《英語小冰箱－開口就能「秀」自己》一書。

Look Further

學會如何在日常生活中使用本章列出的 50 個動詞，你也可以開始「自言自語」！

- My biggest exercise is **brushing** my teeth.

- My wife **dresses** me.

- I try to go mountain hiking, but I **manage** to go only about twice a month.

- My major is not **decided** yet.

- I can't **wear** earphones while I study.

文法與英語檢定

　　為了國際職場競爭，很多人必須擁有英文能力證明，台灣現今職場上大約有兩個英語檢定考試比較受重視：全民英檢和多益國際英檢（TOEIC）。很多補習班或是語言中心開設這些檢定考試的進修班，而市面上也充斥準備這兩種考試的書籍。大抵而言，這些進修課程或是書籍都強調兩點：一是單字的增強，二是解題的技巧。這兩種方式似乎可以提升英檢的成績，卻忽略了考試的本質：測驗英文的實用能力；也就是說，如果你的英文能力沒有實質提升（閱讀理解為重點），就算背很多單字或是不斷熟悉解題技巧，也無法有明顯的進步。

　　很多人認為英語考試，除了考單字以外，就是考文法的正確性，其實這是完全錯誤的想法。當然我們要累積足夠的單字，才能有基本語意的瞭解，但是文法絕對不是英語檢定考試的重點。如果仔細研究多益考試，可能發現有些題目本身，文法還是錯誤的。

　　全民英檢的考試，表面上看起來有些文法或是用法題目，但是這些題目著重的還是語意的理解，不瞭解語意，只靠僵硬的文法規則，可能還是無法獲得高分。

　　本章針對這兩種考試所出現的一些題目進行分析，強調文法句型只是幫助瞭解，並非考試的重點。熟悉某些文法規則，可以有利句子的拆解與語意的掌握。即使是考文法試

題，也是影響語意的文法試題。而且不管是單字或是閱讀測驗，所有選項答案的文法大多是正確的，只是錯誤的選項在用法或是語意表達方面與題目不合。

所以，在英文檢定考試要拿高分，其實最重要的還是要多閱讀、多熟悉實用的語法，知道句子的結構，然後掌握一些常用的動詞用法或是語氣的轉折，就很容易選出答案。

我並不想傳授所謂的解題技巧，而是想提出如何透過文法的基本觀念去理解文意。再次強調，英檢考試的文法觀念都在本書所談的範圍之中，只要活用本書所提的文法與語法觀念，就可以提昇自己的英文實力。

理解的過程：（與前述閱讀的技巧一樣）

一、找出主詞與動詞
二、將句子拆解成具語意觀念的小單元
三、熟悉各種不同情境的動詞或是名詞表達方式

在以上三種英文理解過程中，重視的有兩點：

（一）與情境相關的單字學習
（二）透過句法分析或是拆解後，理解文意

閱讀測驗

全民英檢中高級新型閱讀測驗：

Biofuel industries are expanding in Europe, Asia, and the U.S. Globally, biofuels are most commonly used to power vehicles. They have become popular among car drivers nowadays because they are less expensive than gasoline and other fossil fuels, particularly as worldwide demand for oil increases. Nevertheless, doubts have been raised as to whether biofuel production does more good than harm.

One of the claimed advantages of biofuels is that they are kinder to the environment than fuels made from petroleum, whereas in fact, biofuels increase the amount of carbon dioxide in the air even further when they are burned. According to biofuel pro ponents, this is more than offset by the crops raised for biofuel production, for these absorb carbon dioxide and release oxygen as they grow. Recent research, however, shows that the energy used to cultivate and process these crops also causes pollution. **So in reality, biofuels offer no overall benefit for the environment.**

Other advocates support the production of biofuels because they enhance energy security. Countries like the U.S. claim that domestic biofuel production can protect the integrity of their energy sources by reducing their current dependence on fuel imports. **But even if official goals are met, biofuels will supply only 5% of the transportation fuel**

requirements in the U.S. by 2012. This will have a negligible effect on America's reliance on imported oil.

The U.S. government believes that the use of food-based biofuels should increase because of national energy security and high gas prices. **On the contrary, some international food scientists have recommended forbidding the use of these biofuels, which would reduce corn prices by 20%.** Since 2005, grain prices have increased by up to 80% worldwide. One major factor contributing to the dramatic rise is that the grain needed to feed people has been diverted to biofuel production. **This has led to a global food crisis.**

Clearly, the alleged benefits of today's biofuels are illusory. However, scientists are developing second-generation biofuels made from algae and waste wood. These new biofuels may indeed help the environment without reducing the grain supply.

But until they are ready, **biofuel production must be halted in order to relieve pressure on grain prices and help the world's poor.**

（引自語言測驗中心網頁——http://www.lttc.ntu.edu.tw/geptnews/questions.htm）

此篇文章談論生質燃料的發展，並論及此燃料的一些好處與缺失等。

閱讀文章時，熟悉某些單字固然重要，但絕非關鍵；關鍵的反而是語意之間的連接。看到長篇文章，首先針對每一句話**找到主詞與動詞**，然後再**將長句依照句法結構拆成具語**

意的小單元。以第一段為例：

Biofuel industries are expanding / in Europe, / Asia, / and the U.S. Globally, / **biofuels** are most commonly **used** / to power vehicles. **They have become** popular / among car drivers / nowadays / because **they are** less expensive / than gasoline and other fossil fuels, / particularly as worldwide demand for oil / increases. Nevertheless, / **doubts have been raised** / as to / whether biofuel production does more good / than harm.

　　此句的主詞＋動詞結構很簡單，都很容易找到（**粗體字部分**）。文法上只有兩個重點：一是時態（第一句現在進行，其他句為完成式 have / has + p.p.），另一個重點是比較（less expensive than...）。如此拆解分析完後，其實選擇題第二題的答案就出來了：

　題目：According to this article, why do drivers prefer biofuels to gasoline?

　　　　A. They are more fuel-efficient.

　　　　B. They are more affordable.

　　　　C. They are better for the engine.

　　　　D. They are more powerful.

　　這個問題比較屬於事實的題目，因此閱讀內容後（駕駛喜歡生質燃料，因為它們比較便宜 less expensive than gasoline and other fossil fuels），就知道答案為(B)（比較負擔得起more affordable）。

題目：What does the author mainly argue in this article? （作者的主要主張為何？）

    A. Biofuel production should be discouraged.

    B. Corn biofuels should be promoted more.

    C. Biofuel manufacturers should be rewarded.

    D. Higher biofuel goals should be set.

此題測驗應試著對整篇文章的理解，儘管前面提到生質燃料的好處，但是中間提到一些生質燃料的問題，請先閱讀 pp.131-132 的粗體字（如 On the contrary, / some international food scientists / have recommended / forbidding the use of these biofuels, / which would reduce corn prices / by 20%.）最後一句話為 But until they are ready, / biofuel production / must be halted / in order to / relieve pressure on / grain prices / and help the world's poor. 此句主要結構為生質燃料的生產應該要停止（halted）。全文一方面陳述燃料的好處，一方面提出反對意見，最後建議停止生產，因此第一題的答案為（A） Biofuel production should be discouraged（生質燃料生產應該不鼓勵 discouraged）。

英檢考題主要是測試理解力，因此除了對單字的認識外，出現的文章大多在釐清一些與我們息息相關的問題，有時也會反駁一些舊有的看法（如上文，大家長久以來認為生質燃料很環保，應該多用，但是作者認為問題很多！）這種類型的文章最常用來挑戰應試者的英文理解能力。

文法試題

　　除了閱讀測驗，其實情境題或單字題也只要運用基本的語法與文法就可以解決，不需要很複雜的文法！

　　如多益的考題，此題似乎完全是考文法，但是它的文法是跟著語意的，如果不知道整句話的意義，就會很容易答錯：

　　_____ in the late 1800's, many of the coastline's lighthouses remain standing today, having withstood the forces of nature for decades.

(A) Built　　　(B) Building　　　(C) To build　　　(D) Having built

　　1. 此句的主詞為 many of the coastline's lighthouses，動詞為 remain。

　　2. 此句型為本書十大句法 2：Ving (Ved), S+V

　　3. 燈塔是被建造的，所以用被動 built，時間是 1800's，表示過去被建，所以答案是 (A)。

　　即使是文法題，也不需要很複雜的文法知識，只要掌握英文一句話只有一個動詞，出現第二個動作，就要使用 to V, Ved 或 Ving，再加上基本的時態觀念（如現在、過去、完成等），就可以找出答案（請見十大句法 2）。

從以上例子可知，不管是閱讀測驗或文法試題（我個人偏好稱之為「用法試題」），其實只要掌握句法、時態、比較等本書所提示的一些基本文法觀念，就可以瞭解語意、找出答案，實在沒有必要苦讀厚重的文法書。

最後，再提醒讀者，文法不是考試的重點，語意才是。唯有瞭解句子的整體含義，才能找出正確的答案。為了挑戰應試者的英文閱讀與分析能力，題目大都設有陷阱（文章的含義都與一般傳統看法不同），以測試應試者是否真正理解！英檢考試的文章富有知識性與邏輯性，建議多閱讀如 *National Geographic*《國家地理雜誌》、*Scientific American*《科學人》、*The New York Times*《紐約時報》等，掌握人文、科學新知或社會文化現象的新趨勢，知名報章雜誌都是很好的閱讀內容，也是考試的好題材。

結語

　　一生必學的英文文法談了這麼多，絕對不是要大家記文法規則，我想要強調的是「千萬不要記太多的文法規則！」

　　學習語言時，大多數人認為任何語言都有規則可循，必須要從記規則著手，以文法為主導。但是從語言學習的實際經驗來看，記太多的規則反而會妨礙學習。坊間很多文法書都列出一大堆規則，所舉的例子都是為了文法來造句，並非現實生活常用的句子。事實上有些文法規則，如假設法的部分用法或是附加問句等，並不常用。從實務面來看，文法規則應是用以幫助瞭解閱讀、對話等，而非從規則中去引導英文的學習。

　　所以本書堅持學英文要從應用與實用的理念出發，從大學學測、指考等重要考試或平時常用的英文句型等，去歸納出哪些是必要學習且重要的英文文法。在此，強力主張，請大家將瑣碎的文法規則暫時拋到腦後，只要培養英文句法概念，持續大量閱讀習慣就可終生受用無窮。

💡 有三點要提醒大家注意：

一、傳統的文法書是使用手冊而非教科書，是供學習者查閱參考使用，而不是拿來當課本讀或是背誦的，即使從第一頁背到最後一頁，英文也不會因而進步。請大家建立起一個觀念，文法規則是用來補充或修正使用時的不足，所以每個人只要準備一本公認好

用的文法書，有問題再查閱就好。

二、掌握現實生活中常用的文法規則即可，例如：主詞＋動詞、十大句法、時態、比較級、假設法、主要與從屬結構的構成等，這些就足以培養英文語言的結構特性。

三、以閱讀為基礎去瞭解文法，不要用文法去分析英文或是一直練習文法題目！（今年的大考指考並無文法試題，大都是語意理解，只要瞭解語意就會作答！）

　　請見以下例子：

For example, / the "patient"（主詞）can be programmed （動詞）/ to be allergies to / certain medicine / and can _____ a. _____ serious reactions / if student learners are not aware of / the situation. / This kind of practice allows students / to learn from mistakes / in a safe environment / that would not be _____ b. _____ / with textbooks alone. / The unique system / can both be used / in a classrooms setting / or for distance learning.　　　　　　　　　★ 98 年指考綜合測驗題

a. (A) adapt to　　　(B) break into　　　(C) provide with　　　(D) suffer from
b. (A) exciting　　　(B) necessary　　　(C) possible　　　(D) important

　　覺得句子太長，瞭解語意有困難時，首先找出主詞與動詞，再將句子拆解成小單元，並忽略（或刪除）某些難懂或不認識的單字，語意就呈現出來了。

翻譯理解：比如說 / 病人 / 能夠…… / 對特殊藥物…… / 會…… 嚴重的…… / 假如學生學習者不知道 / 狀況 /

→此句從以上的拆解或是有限的單字中即可看出大致意思：假如學生學習者不知道狀況，（虛擬）病人就會有（產生、受害）嚴重的後果或是疾病等。因此 can _____ serious reactions 的空格中一定是個動詞，而此題的四個選項也都是動詞：

(A) adapt to 使自己適應於

(B) break into 闖入

(C) provide with 供給

(D) suffer from 受苦、受害。

很明顯的，只要瞭解這句話的語意，答案就是 suffer from。所以答題時，只要透過句型分析、瞭解語意之後，就可知道如何作答，下一題 would not be possible with textbooks alone 也是如此。記住要好好閱讀，瞭解這句話的含意，文法並非考題，而是閱讀的輔助工具。

培養長篇閱讀習慣 學到老、讀到老

最後，請大家一定要培養閱讀習慣！請「讀完」一本兩百頁以上的英文書，不管是大眾小說、名家經典、英文教科書都可以，藉著那本書來訓練自己閱讀長篇英文文章，最好可以讀出聲音，一點一滴建立英文實力，乃至靈活運用。

每天可以在睡前花一小時讀英文書。不要只讀短篇文章，請自我挑戰閱讀長篇文章，因為長篇的閱讀才會對英文能力的增進有所幫助。而一本書最難突破的是前五十頁，因為作者的字彙與風格大多是固定的，一本書中出現的句型或單字用法都會不斷重覆，例如有些單字會一再出現，但是不必急著查字典，因為有些字並非關鍵字，可以先略過，之後再回頭查字典，而關鍵字必定會一再出現，讀者常可藉著上下語意瞭解其意，所以長篇的閱讀才有效。

將英文當成第二語言，好好使用它！要把英文當成自己的第二語言，維持經常閱讀與唸出聲音的習慣。也可以針對內容撰寫讀書心得、短文、或是自言自語出聲對話等。只有自己三不五時的運用，英文才會變成自己的語言，而學習英文要回到語言的本質，也就是閱讀它、使用它；運用文法時，目標不在精確無誤，連美國人的文法都會出錯了，更何況母語不是英文的人，只要能將意思表達清楚，文法沒有安全正確也無妨，等到熟練後再慢慢修正即可。

文法書就把它放在書架上，當作隨時查閱的「字典」吧！只要你能這樣想、身體力行，學習英文就一定會有好成績。

Linking English
一生必學的英文文法
Grammar for life

2009年10月初版　　　　　　　　　　　　　　　　定價：新臺幣260元
有著作權・翻印必究
Printed in Taiwan.

著　　　者　陳　超　明
發　行　人　林　載　爵

出　版　者　聯經出版事業股份有限公司
地　　　址　台北市忠孝東路四段555號
編輯部地址　台北市忠孝東路四段561號4樓
叢書主編電話　(02)27634300轉5227
總　經　銷　聯合發行股份有限公司
發　行　所　台北縣新店市寶橋路235巷6弄6號2樓
　　　電話：(02)29178022
台北忠孝門市　台北市忠孝東路四段561號1樓
　　　電話：(02)27683708
台北新生門市　台北市新生南路三段94號
　　　電話：(02)23620308
台中分公司　台中市健行路321號
暨門市電話：(04)22371234ext.5
高雄辦事處　高雄市成功一路363號2樓
　　　電話：(07)22111234ext.5
郵政劃撥帳戶第0100559-3號
郵撥電話：　2　6　8　3　7　0　8
印　刷　者　文鴻彩色製版印刷有限公司

叢書主編　陳　若　慈
特約編輯　林　雅　玲
校　　對　林　雅　玲
　　　　　葉　仲　芸
封面設計　陳　皇　旭
內文排版　菩　薩　蠻

行政院新聞局出版事業登記證局版臺業字第0130號

本書如有缺頁，破損，倒裝請寄回聯經忠孝門市更換。　ISBN　978-957-08-3455-0（平裝）
聯經網址：www.linkingbooks.com.tw
電子信箱：linking@udngroup.com

國家圖書館出版品預行編目資料

一生必學的英文文法/陳超明著．初版．
臺北市．聯經．2009 年 10 月（民 98）；152 面
14.8×18 公分．（Linking English）
ISBN　978-957-08-3455-0（平裝）

1.英語　2.語法

805.16　　　　　　　　　　　　98015306

聯經出版事業公司

信用卡訂購單

信用卡 號：□VISA CARD □MASTER CARD □聯合信用卡

訂購人姓名：_____

訂購日期：_____年_____月_____日

信用卡卡號：_____（卡片後三碼）

信用卡簽名：_____（與信用卡上簽名同）

信用卡有效期限：_____年_____月

聯絡電話：日(O)：_____ 夜(H)：_____

聯絡地址：□□□_____

訂購金額：新台幣_____元整
（訂購金額 500 元以下，請加付掛號郵資 50 元）

資訊來源：□網路 □報紙 □電台 □DM □朋友介紹
□其他

發票式：□二聯式 □三聯式

發票抬頭：_____

統一編號：_____

※ 如收件人或收件地址不同時，請填：

收件人姓名：_____ □先生 □小姐

收件人地址：_____

收件人電話：日(O)：_____ 夜(H)：_____

※ 茲訂購下列書籍，帳款由本人信用卡帳戶支付

書　名	數量	單價	合計
	總計		

訂購辦法填妥後

1. 直接傳真 FAX(02)27493734
2. 寄台北市忠孝東路四段 561 號 1 樓
3. 本人親筆簽名並附上卡片後三碼(95 年 8 月 1 日正式實施)

電話：(02)27683708

聯絡人:王淑蕙小姐(約需 7 個工作天)